Histoires de Khans

Illustration de couverture :
pastel de Brigitte Bergeret, www.brigittebergeret.com

BRUNO GUERSEY

Histoires de Khans

et de Gengiv's Khan 1er
leur chef bien-aimé

Éditions de l'Onde

Avant-propos

Ce récit est une sorte de conte qui se déroule quelque part en Asie Centrale. Avec évocations géographiques ou historiques de haute fantaisie, où tout se télescope allègrement et à propos desquelles on évitera de se montrer pointilleux.

Très déjanté à l'origine, style ambiance politico-surréaliste et salle de garde, le ton général a évolué, pour faire place à une ironie bon enfant. Du texte initial ont seulement survécu quelques mini-reliquats, émergeant çà et là.

Blâmables sur le plan éthique, les pamphlets trop féroces sont de surcroît illogiques. Car il y a tant de points communs, entre professionnels de la politique de tous bords, que caricaturer trop fort un camp revient à agir contre l'autre. Par ailleurs, si le hasard nous avait mis à leur place, nous (citoyens lambda) aurions probablement agi comme eux.

Contrairement à ce que dit l'adage populaire, c'est le bocal que l'on peut changer, pas son contenu. La nature humaine étant ce qu'elle est, ce sont les Institutions qu'il faut essayer de mieux adapter à elle, si l'on veut progresser. Tant que ce ne sera pas fait, on ne pourra que rester passif et en quelque sorte indulgent, face à ce monde politique, même devant les comportements les plus effarants de certains de ses membres.

Bien sûr, l'ensemble de ce texte relève de la légende. Toute apparente ressemblance avec quelque personne que ce soit, a fortiori contemporaine, serait pure coïncidence.

Il était une fois, il y a des siècles,

dans un Empire fabuleux dont

la capitale avait été Samarkand…

Prologues gingivaux

Normale ! Amplifiant l'expression normale de son visage, partie intégrante de son personnage et de sa légende, Gengiv's retroussa très fort ses lèvres supérieure et inférieure.

Le plus difficile était de garder la pose, tout en s'obligeant à sourire le plus possible. Dans les débuts, la manœuvre avait déclenché de douloureuses crispations et ne pouvait être longtemps maintenue. Mais Gengiv's avait insisté, s'entraînant méthodiquement. Ainsi avait-il égalé le niveau qu'atteindraient, des siècles plus tard, au-delà de la grande mer Atlantique, les plus gingivaux des Oilh-Dolhar-Khans, (qui viendraient obésifier le monde et largement concourir à le rendre encore plus violent).

Les caprices du hasard avaient permis à Gengiv's de bénéficier de l'inestimable enseignement et des conseils d'un vieux mage astrologue qui, grâce à un rarissime grimoire cabalistique, était parvenu à savoir des séquences du futur. Plus tard, on avait retrouvé les os de ce mage en train de sécher dans le désert. C'était à l'époque où avait sévi un djinn malveillant, à moins que ce ne fût un éfrit, qui avait pris la fâcheuse habitude d'agresser les voyageurs isolés, de les faire griller, puis de les manger sans sel ni épices. Gengiv's, ce Grand Conquérant, ne pouvait qu'être innocent en cette affaire. Il eût été indécent de rappeler à ce propos qu'aux temps des Pharaons Antiques, il arrivait aussi, par exemple, que tel architecte disparaisse, une fois son travail achevé, pour que soient protégés divers secrets.

Pour revenir au concret, le problème était limpide, et concernait même les plus grands Chefs de guerre qui eussent été : il n'était pas rationnel de prendre de riches cités par centaines et de couper la tête de leurs habitants. La logique était au contraire de les épargner si on voulait ensuite régner sur eux. Encore fallait-il alors être et rester populaire. Or les grands principes légués par les valeureux prédécesseurs (*panem et circenses et caetera*) semblaient parfois insuffisants.

Une pratique incontournable se répandrait donc sur toute la planète, venue du pays de ces Oihl-Dolhar-Khans : la gin-gi-va-li-sa-tion, que ce soit en direct ou en lucarnes. Pour rester populaire et laisser aux générations futures le souvenir d'un très grand Khan, il faudrait se mettre à gingivaliser, c'est-à-dire faire le beau et sourire en permanence, avec de belles gencives et le râtelier le plus blanc possible.

Dès les premières explications du mage, Gengiv's avait perçu l'immense intérêt de la chose. En plus d'être déjà Khan Suprême, il avait donc conçu de devenir Grand Gingivalisateur, pour améliorer son score dans les sondages, qui étaient loin d'être brillants, mais aussi pour son épanouissement personnel et la sérénité de son âme parfois bien tourmentée.

Bref, comme chaque jour lors de ses ablutions matinales, il se trouva satisfait de l'image normale que lui renvoyait son miroir, une acquisition récente achetée un prix exorbitant à des marchands levantins qui avec d'immenses caravanes faisaient le commerce des épices, de la soie, et des nouveautés d'Europe ou d'Asie. Cette satisfaction se manifesta par une série de petits claquements de langue avec lesquels il ponctuait le cours de ses entraînements gingivaux, tout en maintenant en permanence ses deux arcades dentaires bien visibles.

Il se permettait même, à l'occasion, lorsqu'il était de très bonne humeur, de fredonner quelque ritournelle à la mode, voire l'Hymne Impérial et son refrain viril : *Quand on est Khan, c'est pour la vie entière, Chah-Chah-Chah des Khans, etc.*

Les claquements de langue furent suivis d'exercices phonétiques adaptés, à rythme entraînant. Dans ses activités, publiques ou privées, Gengiv's estimait avoir le sens de la mesure. Assurément l'expression devait-elle être interprétée différemment selon qu'il se fût agi de ses gingivalisations, de son comportement au sérail, de ses exploits guerriers ou des complots qu'il avait ourdis ou déjoués dans tout l'Empire.

Durant ses ablutions, ponctuées donc de vocalises, Gengiv's utilisait maintenant une pâte blanchâtre, venant de Chine, et dont on badigeonnait les dents avec une brosse en poils de chameau. Cela avait pour effet de les rendre plus blanches et brillantes, au contraire du bétel et autres décoctions. Gengiv's était ravi de cette nouveauté qui le rendait, estimait-il, plus gingival encore. Il appréciait ces brossages, au cours desquels, de surcroît, son esprit pouvait vagabonder, tout en restant axé sur les stratégies à employer pour asseoir sa domination et mettre hors d'état de nuire les rares méchants Khans qui osaient encore contester la légitimité de son pouvoir.

Lesquelles stratégies, impromptu, s'évanouirent, quand Gengiv's, tout en continuant d'exhiber sa denture, passa à un examen plus poussé de son visage. Car de préoccupants plissements s'y développaient. Mais encore plus inquiétantes étaient ces ébauches de bourrelets latéraux, qui s'accentuaient et qu'il avait pu observer chez des Gaga-Khans. La vieillesse est un naufrage, lui avait répété sa nourrice. C'étaient là les prémices de cette sénescence inéluctable.

Comme tous les Grands de ce monde, Gengiv's avait la terreur de vieillir. La constatation de ces outrages des ans l'avait conduit à aller s'épancher dans les bras de Grand Vizir.

Tous deux avaient suivi la même voie du Kaïdat, celui de Gengiv's étant moins important. Mais leurs origines respectives n'étaient pas les mêmes. Quand le plus titré avait entamé cette irrésistible ascension qui l'amènerait au sommet, son camarade avait eu la riche idée de rester dans son sillage, avec fonction de Parolier des Tribus au Grand Desterham. Après la Conquête, il avait été récompensé de sa fidélité par le poste de Grand Vizir. Liés par leurs souvenirs de début de Kaïdat, les deux complices étaient en excellentes relations.

Gengiv's traversait parfois des périodes de doute. Ainsi pouvait-il lui arriver de se sentir un peu las des contrariétés de la vie, par exemple des réticences de ses Hordes à approuver un de ses projets. Il venait alors se réconforter auprès de Grand Vizir à qui il confiait l'objet de ses préoccupations. Gengiv's tenait compte des opinions de son conseiller, dès lors qu'elles étaient à l'unisson des siennes, ce qui était la règle.

Tous deux devisaient alors en buvant toutes sortes de kahvés dont Grand Vizir était collectionneur et fin dégustateur. Ils se laissaient aller à se raconter des histoires sur tous les Khans qu'ils connaissaient – Dieu sait s'il y en avait – ou bien à évoquer des anecdotes sur les houris de leur harem respectif.

C'est lors d'un de ces entretiens que le Khan Suprême avait confié à Grand Vizir son anxiété à propos de ses plissements.

Car une angoisse de Gengiv's était donc que les premières manifestations de cette décrépitude faciale, encore discrète, se concrétisassent avec des bajoues et fanons qui viendraient ternir l'éclat de son impériale gingivalité, de face ou de profil.

Le Grand Vizir écoutait patiemment les doléances et conseillait du mieux qu'il pouvait. L'amitié du Grand Gengiv's-Khan était pour lui précieuse et l'officialisait davantage, dans un monde clanique impitoyable où il fallait encore plus se méfier de ses amis que de ses adversaires. Pour répondre aux confidences qui lui étaient faites, la solution la meilleure lui avait finalement semblé de raconter ses propres affres personnelles en réciprocité. On peut être Kaïd, et Khan, de surcroît, jusqu'à la moelle ; on n'en reste pas moins homme.

Le Grand Vizir avait donc confié à son tour une de ses angoisses les plus violentes, qui avait trait à une calvitie naissante, occipitale et surtout frontale. Certes, on était encore loin du stade ravageur – et ravagé, style désert du Gobi – où se trouvaient les Trilobites (un trio dont on reparlerait, constitué d'Antiquus-, Tonduk- et Grisbi-Khans, Vizirs respectifs des Affaires Étrangères, du Travail, et des Finances). Tout au plus, s'agissait-il d'un petit début de cul de singe. Mais quand Grand Vizir avait découvert la catastrophe, il en avait été bouleversé.

Car la chose s'était étalée, impudique, sur le grand tableau commémoratif officiel du dernier Congrès annuel, où figuraient les Grands Khans en train d'écouter l'hymne national. Tous les Dignitaires réunis étaient superbes. Mais le maudit auteur de la fresque avait campé le Grand Vizir (placé à côté de Gengiv's) suffisamment de profil pour que la disgrâce devienne évidente, même pour le plus distrait des Khans.

Grand Vizir avait donc demandé à Gengiv's, par chameau express, la tête du peintre coupable. Le Khan Suprême s'était d'abord fait montrer le tableau, et après avoir constaté que son portrait à lui était gingivalement parfait, en avait conçu quelque indulgence à l'égard du malheureux rapin.

Après quoi avait-il dû affronter lucidement la question existentielle de son propre chevelu. Car la situation à cet égard était loin d'être parfaite pour lui-même, aussi bien devant que derrière. Cela se remarquait d'autant plus que le poil restant demeurait très foncé, ce dont Gengiv's, cette fois, se réjouissait fort. Lui, au moins, Khan Normal, gardait le poil bien noir.

Parenthèse à ce sujet. Les Khans de toutes les Provinces de l'Empire se posaient la question de savoir si cette noirceur était naturelle ou non. Mais cette question, ils se la posaient plutôt mezza-voce, et même carrément in petto. Car le sujet était de ceux qui pouvaient valoir le cimeterre, et donc son corollaire mais aussi voisin de dictionnaire, le cimetière, terme lui-même plus évocateur, pour la moyenne des Khans, que celui d'hypogée (datant des Égyptiens et de moins en moins usité).

Les plus audacieux avaient tout de même hasardé que Gengiv's avait concocté de suivre l'exemple d'un prestigieux aîné, Star-Star-Khan, (ex-Vizir à la Kul-tur, dont on reparlerait aussi) qui, de notoriété publique, entretenait artificiellement son opulente chevelure qu'il avait gardée fort drue. Il n'y avait pas là de quoi faire mystère. Il n'était pas anormal que les Khans eussent éprouvé le besoin de recourir à un artifice dont usaient toutes les houris et qui rajeunissait tant. Le gros problème était la nécessité de répétitions fréquentes, la durée de la procédure, et la complexité de la teinture employée, en raison de la variété de ses ingrédients. On en comptait une douzaine, avec notamment encre de Chine, jais de Gagas, réglisse de Sumatra. Tout cela coûtait cher. Si Gengiv's décidait d'officialiser ces nouveaux soins de beauté, toutes les Hordes suivraient, puis les Fonctionnaires Impériaux, par mimétisme mais aussi prudente obséquiosité. Il faudrait alors augmenter encore taxes et impôts.

Ce n'est pas le tout. On digresse, on digresse. Pendant ce temps, le chameau express envoyé par Grand Vizir attend la réponse de Gengiv's.

Repensant à sa propre alopécie frontale, le Grand Khanquérant s'était mis à considérer que, tout compte fait, l'artiste en cause aurait pu se montrer plus courtisan. D'où cette éventualité de le raccourcir, après tout, pourquoi pas ? Et puis, en raison de ses liens avec Grand Vizir, Gengiv's avait tout intérêt à agréer une demande ayant l'avantage extrême de ne pas coûter la moindre piastre. Le sort du peintre était dès lors scellé. Le lendemain, il avait été exécuté en place publique.

Dans les Hordes Hordues, ainsi agissait-on à ces époques hautement civilisées et aux raffinements variés (contestables parfois). Sinon, au premier signe de faiblesse, savait Gengiv's, avec au moins une bonne partie de ces Khans, je serais moi-même vite perdu. Il fallait toujours rappeler que l'on détenait l'autorité suprême. Ce qui parfois était épuisant. Mais, tel est mon karma, se disait Gengiv's en se regardant dans le miroir.

Pour en revenir aux plissements qui allaient affecter son noble visage, il eût été sage d'accepter sereinement cette fatale évolution liée à la fuite des ans. L'essentiel n'était-il pas de rester gingival, afin de demeurer pour toujours dans l'Histoire le Très

Grand Gengiv's, Chef Suprême des Hordes, qui avait conquis et mis sous son joug tant de Provinces et riches Cités.

Mais rien n'interdisait de repousser l'échéance. Et à défaut de trouver la parade, Gengiv's venait de concevoir l'espoir de retarder ces tristes perspectives grâce aux conseils de quelques houris et de la Favorite. Il s'agissait simplement d'enduire une heure par jour le visage de crèmes, onguents et pâtes diverses.

Séduit par le principe, Gengiv's ne s'était pas pour autant pris d'enthousiasme pour la réalisation. En effet, les pâtes en question, qui étaient de couleurs vives, ocre, jaune, verte ou violette, en séchant sous forme d'emplâtre, donnaient à qui en était enduit l'allure d'une momie de pharaon égyptien.

Cette référence pharaonique ne déplaisait pas du tout à Gengiv's, mais beaucoup moins celle de momie. Il avait envoyé incontinent se faire décapiter un Grand Eunuque qui avait eu l'outrecuidance, non seulement d'établir pareille comparaison, mais d'en faire état et d'en rire. Gengiv's en avait d'ailleurs fait illico décoller deux ou trois autres afin qu'il fût clairement perçu par ses serviteurs – dont les fonctions amenaient à connaître ses problèmes d'ordre intime – qu'il était pour eux vital d'observer à leur sujet la plus absolue discrétion.

La Favorite était chargée de l'application de la chose, ce dont elle s'acquittait avec talent, l'accompagnant de massages légers. Un problème crucial demeurait toutefois : celui de rester gingival pendant l'opération et de ne plus bouger, surtout dès lors que l'emplâtre commençait à sécher. Faute de quoi, tout se fût brisé, ou au moins fendillé, écaillé, au grand accablement, et à la longue, au justifié courroux de l'opératrice.

Depuis qu'ils s'étaient ainsi confié leurs préoccupations les plus intimes et les plus taraudantes, il arrivait que Gengiv's et

Grand Vizir pratiquassent ensemble leurs séances de soins de beauté. Ce dernier, dans le but de limiter les désertifications fronto-occipitales débutantes, avait consulté une infinité de mages et gourous, de barbiers célèbres et chamans réputés. On avait essayé mille recettes, jusqu'à tenter l'implantation de poils de boucs blonds, et même de caraculs. Le tout sans succès réel. Seule avait survécu une petite touffe des derniers susdits.

Lorsque ce sujet des caraculs avait été abordé par Grand Vizir, il se trouvait que quelques jours plus tôt Gengiv's avait eu droit à de longues informations sur la question au cours d'une conversation informelle avec Star-Star (l'ex-Vizir à la Kul-tur), une encyclopédie en matière de soins de beauté en général. Peu de Khans résistent au plaisir de faire étalage de leur savoir, plus encore quand il est récent. Gengiv's avait donc ressorti tout ce qu'il venait d'apprendre, en précisant même que pour avoir les meilleurs greffons, il fallait se procurer ces caraculs en fin d'hiver, là où ils sont les plus beaux et surtout les plus frisés.

Le Grand Vizir avait alors été le Khan le plus étonné du monde. Les Khans nous étonneront toujours, pensait-il en de telles circonstances. Il était positivement impressionné par la noblesse des sentiments, la pertinence des propos et la culture de Gengiv's sur un sujet aussi pointu que le caracul. Il avait même appris une chose intéressante, à propos de la variété frisée. Les siens étaient plutôt raides. Il s'était demandé s'il n'y aurait pas intérêt à tâter à nouveau de cette séduisante solution. Il avait immédiatement considéré Gengiv's avec plus de respect, en continuant sur un ton grave cette conversation passionnante.

En attendant ces éventuels développements, le nouveau remède consistait en l'apposition de feuilles de papyrus enduites d'une macération à base de lait de chèvre caillé, de clous de girofle, de concombre sauvage et de sève fraîche d'agave mâle recueillie à pleine lune. Il fallait un soin extrême pour empiler toutes ces feuilles de papyrus et les maintenir à l'endroit idoine. On n'avait pour cela rien trouvé de mieux que de couvrir ce véritable millefeuille d'une sorte de chapeau kazakh qui donnait à Grand Vizir un air tout à la fois austère et satanique.

Durant tout l'été, il avait rendu visite à Gengiv's. Tous deux s'installaient au dernier étage du Palais situé au bord de la mer d'Aral, où le couple impérial séjournait volontiers. En effet, l'air du pays convenait à la Favorite qui y puisait l'inspiration pour les messages éthérés qu'elle envoyait dans tout l'Empire.

Ces deux puissants personnages tenaient là, au cours de longues conversations, des propos de haute portée. Lors de ces tête-à-tête, ils refaisaient le monde en général, et l'Empire en particulier, l'un avec son emplâtre, l'autre avec ses feuilles de papyrus hélas un peu malodorantes, malgré le patchouli que le barbier avait suggéré d'ajouter. Grand Vizir aurait préféré de l'eau de fleurs d'oranger, qui lui eût rappelé les beignets de son enfance, près du Louar-Daria, dans la Cité dont il avait été Kaïd, avant d'être appelé à de plus hauts destins. À ce propos, il osait commencer à supputer ses chances de grimper davantage encore. Avec des flots de ravissement, et aussi des bouffées de terreur plus rationnelle. Car quid, alors, de Gengiv's !

Ces conversations devaient à l'évidence se dérouler, sinon à bouche cousue, ce qui les aurait rendues plus qu'ésotériques et aurait fatalement mené au soliloque, du moins sur un ton mesuré, à la limite du chuchotement. Et surtout sans trop articuler, faute de quoi eussent été à déplorer tout autant le craquèlement de l'emplâtre que l'effondrement du millefeuille, éventualités aussi contrariantes l'une que l'autre.

Il y avait, en synthèse, dans cette pièce en haut du Palais, une ambiance de solennité un peu dérisoire, voire désopilante puisqu'elle avait failli conduire la Favorite à un incoercible fou rire, mais qu'heureusement ne percevaient pas les intéressés.

Face au miroir qui reflétait l'image d'une immense baie constellée des voiles d'innombrables caïques et felouques, côte à côte, en charge du destin de l'Empire, ses deux Dirigeants se regardaient donc, hiératiques et gingivaux. Grand Vizir prenait simplement la précaution de s'asseoir dans un fauteuil un peu plus bas et installait Gengiv's sur un siège élévateur, comme s'il y eût à prouver que partout, et même en cas de compétition à élévation verticale, le Khan Suprême resterait toujours le plus Grand. (L'idée serait certainement reprise dans le futur).

Quant à la gingivalité, il convenait là aussi que Gengiv's triomphât, ce à quoi veillait Grand Vizir, qui avait pourtant des dons innés en ce domaine. N'affichait-il pas de façon naturelle une sorte de discret sourire ironique qui donnait de lui l'impression qu'il se gaussait en permanence.

En résumé, Gengiv's et Grand Vizir communiaient dans ce culte du râtelier. Ils se faisaient portraiturer gingivalement, ce qui était devenu essentiel pour la comm (abréviatif à la mode). Gengiv's songeait aux progrès effectués depuis cette « révélation » de sa religion gingivale. La réussite était superbe. Le vieux mage astrologue avait dit vrai.

Tout en vocalisant, Gengiv's repensa à leur entretien de la veille, où ils avaient amplement philosophé. Il fut pris d'une envie irrépressible de bâiller, qui le fit dégingivaliser. Il n'avait pas dû assez dormir… Cela, c'était la faute à Biche.

Pour revenir au miroir, Gengiv's admira une dernière fois son impériale denture et sur une ultime vocalise abrégea ablutions et méditations. Le moment était venu d'agir. Il sortit du quartier des bains jouxtant le hammam pour regagner ses appartements privés où il se fit revêtir de son grand burnous impérial, pour les audiences du matin. La journée allait être rude, avec la tenue, dans l'après-midi, du Conseil Central des Grands Chefs de Hordes.

PREMIÈRE PARTIE

Les Hordes des Khans et leur organisation. Un peu de clarté.

Malgré l'apparente simplicité primitive de ses constituants de base, le monde des Khans est complexe. Il faut en premier lieu essayer d'éclairer sur les divers cadres où évoluait cette société, sous le règne de Gengiv's Khan. D'abord, en prenant quelques repères géopolitiques, pourrait-on dire.

L'Empire était composé de nombreuses Provinces, Oasis et Cités. Ces communautés étaient dirigées par des Khans éminents, siégeant en diverses Assemblées, qui doublonnaient souvent et n'avaient donc alors aucune utilité pour le peuple des souks. Cela coûtait un nombre effarant de besants. Mais ce qui comptait avant tout, c'était que le Khan soit content et puisse goûter aux joies du ku-mul. (*Autant en emporte le Khan)*.

Cette organisation, qui contrôlait tout, était appelée monde Hordu. Ce mot provient, comme on pouvait le penser, de ces Hordes de Gengiv's qui avaient envahi jusqu'aux recoins de ce riche Empire ayant un peu une forme hexagonale.

On avait pu recenser bien des dérivés, à partir de ce terme d'« Ordre Hordu », qui régnait donc partout mais était difficile à prononcer. Il avait évolué en multiples variantes. Gengiv's avait finalement retenu l'appellation de Parti Hordu. Sans pouvoir s'empêcher de conclure par un de ces aphorismes qui plongent les peuples dans l'extase et qu'il affectionnait. Pour une fois, son entourage était resté discret sur le sujet.

HAÏDÉNABAB. LE PALAIS ÉLYSÉEN.

Les seconds couteaux vivaient là où ils avaient guerroyé. Samarkand restait la métropole historique. La crème des Khans, quant à elle, préférait la nouvelle capitale, Haïdénabab, dont la fatuité de ses habitants était moquée dans tout l'Empire.

Y étaient concentrés tous les lieux de pouvoir. Le plus important était le Palais Élyséen. Terme dérivant du grec ancien *Elusia Pedia*, avait expliqué un érudit à Gengiv's quand celui-ci avait envahi la ville, en massacrant la moitié de ses habitants. Gengiv's aimait la Kul-tur. Cet érudit lui ayant servi de mentor avait précisé que les Champs Élysées, à l'origine du nom du Palais, étaient le séjour des âmes des héros vertueux aux Enfers.

Là, Gengiv's avait balancé : début et milieu de la phrase lui plaisaient, mais pas la fin. Après réflexion, il avait opté pour la magnanimité : l'érudit helléniste avait sauvé sa tête. Comme quoi est discutable l'intérêt de ces soi-disant Conseillers d'Éducation prétendus si utiles. Car choisir le grec au collège, contrairement à leurs préconisations, ça peut sauver la vie.

Bref, le Palais Élyséen était le centre de Commandement de l'Empire. Ses Dirigeants pouvaient également être appelés Shoguns, (comme dans l'Archipel Nippon). Mais le titre que tous avaient invariablement préféré restait celui de Grand Khan.

L'ÈRE HOSAKIMIGI.
L'ÈRE SAKIMIGI ET SON KHAN-SHOGUN.

On était depuis plusieurs générations dans la Cinquième Dynastie des Khong, qui avait été précédée par celle des Cang. Et Gengiv's avait inauguré l'Ère Hosakimigi, (chaque Ère se définissant par la première syllabe du nom de son Shogun).

Avant l'Ère Hosakimigi, donc dans l'Ère Sakimigi, avait régné un célèbre Khan, doté d'indéniables qualités, qu'il s'était cru obligé de masquer par d'aussi incontestables défauts. Il avait pourtant l'avantage de n'être pas allé en Énarchie, ce qui permet d'avoir l'esprit plus clair. Dès le début de son règne, il avait dû être influencé par de mauvais conseillers. Il avait surtout subi une sorte de dénigrement systématique avec force cabales.

On avait pensé que cela était dû à l'attitude goguenarde qu'il aurait eue à l'égard de Notables de la tribu des Bobos-Kaviarhs, (une des populations les plus déshéritées de l'Empire). Mais une raison de l'hostilité à son égard pouvait avoir été d'une autre nature, liée à une rumeur selon laquelle ce Shogun aurait songé à diminuer les avantages fiscaux des meddiahs-lucarnes-micros et de la caste des écrivains diplômés.

Moins puissants que dans le passé, mais encore influents, des membres de cette caste, pour protéger leurs enviés privilèges, avaient entrepris de pourfendre par écrits hargneux ce malotru qui venait ainsi troubler leur olympienne sérénité.

Quant aux meddiahs-lucarnes, certaines de ces cigales du désert qui devenaient fourmis devant leur micro n'avaient eu de cesse de critiquer, collecter les rumeurs, morigéner, moraliser sur tous sujets, bref de faire l'ayatollah. Ainsi ce Shogun de l'Ère Sakimigi avait-il été déstabilisé. Sans parler de quelques trahisons de ses guerriers, ni d'autres problèmes trop hors sujet.

C'est alors que Gengiv's avait pris le pouvoir, avec l'Ère Hosakimigi. En promettant qu'il caresserait, quant à lui, dans le sens du poil, tous les écrivains diplômés, et ces meddiahs-lucarnes-micros, qui pouvaient se mettre à jouer aux censeurs et seraient donc plus aimables avec lui qu'avec son prédécesseur.

Quant aux occupants du Palais Élyséen avant l'Ère Sakimigi, ils n'avaient pas laissé un souvenir impérissable. Cela ne signifie pas qu'il n'y aurait rien eu à dire à leur propos. Au contraire. Mais cela serait un peu hors sujet.

LE KHAN SUPRÊME DE L'ÈRE KIMIGI.

Quelques mots, tout de même, sur le Khan Suprême de l'Ère Kimigi, dite aussi Chimigi, ayant précédé l'Ère Sakimigi. Le règne de ce Shogun avait été plus long. Cela ne signifiait pas qu'il s'était brillamment déroulé, de l'avis même des aruspices.

Ce Khan avait des circonstances atténuantes : il était, lui, passé par Énarchie. C'était pourtant un être joyeux, aimant la vie, mais qui aurait été plus heureux dans d'autres activités. Ses ennemis soulignaient sa nature Radicale-Hordue, qui le faisait briller par son absence dès qu'il y avait des décisions à prendre, et qui en des temps anciens l'aurait fait classer d'office dans la catégorie des Khans-Fainéants. Pour ses partisans, c'étaient là, bien sûr, calomnies de vipères à corne et de bazar pouilleux.

Le nom de guerre de Sybarite-Khan lui aurait plu. Car il aurait apprécié dans ce qualificatif une sorte de khansonance – ainsi qu'il aurait dit, avec son élocution particulière – qui lui aurait rappelé les Hittites, lointains ancêtres dont il était l'expert passionné, comme des Arts primitifs en général.

Pour résumer à l'extrême, Khan-Sybarite avait eu dans son règne deux pôles d'intérêt principaux : au début, les explosions de pétards en mer Pacifique, qui avaient scandalisé toute la planète ; puis les fohars avec dégustations de tête de veau. Enfin, sans être particulièrement dissolu, il avait failli être dissous à cause de son Grand Vizir.

Au sujet de ces dégustations, lors de lointains voyages il avait d'abord conçu une passion désordonnée pour le jarret de porc et le petit jambonneau, deux spécialités connues pour être fabriquées à partir de cet animal aux ressources immenses, mais affreusement impur et ipso facto interdit par la religion.

Dans les steppes d'Asie Centrale ne vit le moindre infâme cochon. On imagine les états d'âme de Sybarite en cette cruelle situation. Des conseils éclairés lui firent alors découvrir cette merveille qu'est gastronomiquement, sinon esthétiquement, la tête de veau. Il lui resta fidèle toute sa vie, allant à utiliser l'expression en interjection amicale envers ses compagnons fidèles. Suivant en cela l'attitude d'un ses Maîtres, qui s'était aussi un peu intéressé aux veaux, mais dans leur globalité intrinsèque, et non plus pour leur tête seulement.

Un détail à propos de Sybarite-Khan. Il s'agit des initiatives, qu'il avait prises, de lancer des appels. Ça lui arrivait comme cela, bizarrement. Il s'était fixé à Hémédénabab, mais après avoir fait un séjour à Cochin, futur nom de la ville de Kuchi Bandar, État princier du Kerala, dont la capitale était Ernakulam. Il avait alors crânement lancé son appel, de Cochin. Mais pourquoi être allé là-bas, aussi loin, pour une telle démarche ? se demanderaient gravement durant des siècles des historiens méditatifs. Alors qu'il aurait pu rester khannement en Asie Centrale, berceau de son enfance et de ses premiers émois d'adolescent.

LES DESTINS MÊLÉS DE KHAN-DISSOUS ET KHAN-SYBARITE. LES EXCLUSIVITÉS DE KHAN-DISSOUS.

On aurait été effectivement trop hors sujet en continuant de parler de ce Khan Suprême. Mais Sybarite et son Grand Vizir, Khan-Dissous, resteraient indissolublement liés, dans l'Histoire des Khans. On ne pouvait donc évoquer l'un sans l'autre. Or, avec Khan-Dissous, on retrouvait en plein l'épopée de Gengiv's, qui avait bénéficié de l'attitude de cet ex-Grand Vizir. Car ce dernier avait détesté le Sachimigi-Shogun suivant, au point de donner l'impression d'avoir changé de camp pour mieux lui nuire, apportant ainsi une aide indirecte à Gengiv's, qui n'en demandait pas tant. Tout cela est un peu khanpliqué. Mais les histoires de Khans sont très souvent compliquées. Jusqu'à provoquer une vraie migraine chez les âmes sensibles.

On peut maintenant revenir à l'écrit du destin de Khan-Dissous, ce Grand Vizir cultivé et d'humeur primesautière auquel Sybarite avait, là aussi, fait appel. Ce Khan avait, entre autres passions, l'entretien de sa coiffure et la dissoulution. Alors que tout allait bien pour son Shogun, il s'était lancé dans de folles campagnes guerrières à la fois désordonnées et déstabilisatrices, bref désastreuses. On avait évoqué à ce sujet un coup fourré de l'Énarchie (on reparlera de cette Institution). En tout cas, après pareilles aventures, la popularité de ce Khan avait fort chuté, même dans les sondages de son propre camp.

Une autre passion de Khan-Dissous était donc la coiffure. Il avait le cheveu long et superbe, mais gominé, calamistré, avec des montages si tarabiscotés qu'il ne fallait pas moins d'un quart d'heure et d'un barbier tous les matins pour réordonnancer sa belle mais exigeante toison. Il avait bien essayé de dormir sur le dos exclusivement, mais se mettait alors à ronfler tel un dromadaire, ce qui nuisait à son aura. Il avait même envisagé un temps de reposer assis en faisant monter sur sa couche une sorte de palanquin où l'aurait ficelé nuitamment un esclave dévoué.

Le plus simple aurait été de se faire bêtement couper les cheveux en brosse, avait flegmatiquement commenté 001-Khan, (Vizir de l'Intérieur après que Gengiv's ait eu accédé au pouvoir), averti de ces aventures capillaires, comme il l'était de tout. Mais à cela, bien sûr, Khan-Dissous n'eût jamais consenti. Incontestablement, on ne l'aurait pas imaginé avec le cheveu en brosse, comme ce fut la mode à une époque chez les sherpas de l'Himalaya, mais aussi dans les monastères du Sri-Lanka, avant que n'eussent été adoptées des méthodes plus radicales.

Au total, Khan-Dissous était plutôt quand même un Khan plaisant. Mais il s'était bizarrement opposé au Shogun Sakimigi, en se montrant ainsi l'allié objectif de Gengiv's.

LE PALAIS-BOUBON.

Outre le Palais Élyséen, deux campements importants regroupaient la fine fleur des Khans, l'un et l'autre baptisés du vocable de Palais. Ébloui par le décorum, le monde Hordu était idéologiquement, viscéralement, attaché au faste et au luxe.

Il ne fallait pas confondre Palais-Boubon et du Luxe-sans-bourses. Ce n'était pas la même bande qui les fréquentait.

Le Palais-Boubon était l'endroit où les plus beaux Khans, les Vizirs de Gengiv's, venaient faire leurs rapports. Cela se passait le mercredi après-midi, après le Grand Babil qui avait eu lieu le matin même, au Palais Élyséen, en présence de Gengiv's et Grand Vizir qui faisaient ce jour-là une gingivalisation d'enfer.

À faire défaillir d'émotion les Viziresses les plus jeunes, et les plus sensibles, assistant à ce Babil. Cela, on peut le comprendre, au dam possible de la Favorite.

À ce sujet, un bruit avait couru, une légende, plutôt, mais comme les légendes ne courent pas plus que les bruits, on dira autrement. Par exemple, que de méchants djinns assuraient sous les yourtes que le Babil se serait terminé parfois par un genre de jeu, à la limite du stripthiz intellectuel, des plus accortes jeunes recrues. Les effets principaux ayant alors été de procurer aux susdites un avancement accéléré, et de provoquer la même accélération de circulation dans les lobes temporaux de Grand Vizir et Gengiv's. D'où conséquences secondaires relevant de la seule compétence des spécialistes, et du secret professionnel. On évoquait ces sujets avec prudence, en mentionnant simplement qu'il arrivait aux deux Grands Chefs d'arborer, à la sortie de ce Babil, un sourire, qui épanoui, qui émoustillé.

Eh bien ! Tout ceci était faux, archifaux, et relevait de la malveillance la plus consternante, blâmable, et malséante, de surcroît. Comment être aussi affirmatif ? Simplement parce que la Favorite n'eût jamais toléré pareils dévergondages.

On en était à ces rapports du Palais-Boubon, devant des figurants en nombre variable, venus mater, faire la claque ou siffler. On avait certes souvent l'impression d'être au théâtre, ou au cirque. Beaucoup n'étudiaient même pas leur rôle, d'où une impression de spectacle bâclé. De grands talents de comédiens émergeaient toutefois aussi, qui auraient pu gagner leur vie sur de vraies planches, au lieu d'être entretenus par le contribuable.

On ignorait l'origine de l'appellation de ce Palais, mais il était probable que ce nom évoluerait, pour se transformer en

Bourbon, cet alcohl de contrebande qui était massivement et notoirement associé à tous jus de fruit et autres cocktails au lait de chèvre servis à la Buvette, un endroit-culte du Palais.

LE PALAIS-DU-LUXE-SANS-BOURSES.

Le Palais-du-luxe-sans-bourses était le troisième Palais important. Enfin ! Important par le nombre de Khans qui y menaient une vie de parasites dorés, et pour son influence délétère. Le guignol de l'Empire. Tout y était extravagant, du montant fastueux des rémunérations et pensions aux avantages incroyables en nature, de toutes sortes, dans un luxe qui scandalisait même l'armée de ceux qui servaient ces privilégiés.

La Cour des Comptes n'y avait même pas le moindre droit de contrôle ! L'indécence maximale y était atteinte avec le pont d'or dont bénéficiait le petit comité de ceux que l'on appelait très officiellement les Dignitaires. Bien entendu, le peuple des souks et des steppes ignorait ces réalités. Mais de façon croissante, les plus lucides et honnêtes Khans de l'Empire estimaient que cette situation était devenue intolérable.

L'un des plus sages, le Khan-de-Ré, qui avait été Grand Vizir pendant l'Ère Chimigi, avait fait de la suppression de ce Palais un objectif prioritaire. Alors qu'il aurait dû accéder à la Direction de l'Empire, sa marche triomphale avait été entravée. On l'avait trahi dans son propre camp. Quelques décennies plus tôt, cette fois en plein règne, l'Illustre Général Shogun, en personne, fondateur de la Dynastie Khong, avait aussi été trahi, de façon un peu similaire. Des soupçons précis pesaient sur les responsables de ces opérations infâmes.

Mais il ne faut jamais désespérer quand on se bat pour une juste cause, (et même si *les Khans désespérés sont les Khans les plus beaux*). Ce que n'avait pu faire le noble Khan-de-Ré, un autre Grand Chef de guerre le réaliserait un jour, se couvrant de gloire. « Pourquoi ne réussirais-je pas là où mon aîné révéré a échoué ? » avait ruminé Gengiv's. C'était un jour où il s'était plongé dans l'Histoire illustrée de l'Empire en dix tomes, qui lui avait été offerte dans son enfance. À la relecture de ces exploits historiques du passé, une bouffée de désir l'avait submergé. La réussite de pareille entreprise rendrait célèbre son auteur au moins pour des siècles, sinon pour l'éternité.

Les notions de Gengiv's sur cette éternité remontaient à la pré-adolecence. Lors d'une pieuse retraite, on avait essayé de lui faire entrevoir, ainsi qu'à ses camarades, ce qu'il en était de ce mystère. « Pour en avoir une idée, leur avait expliqué un derviche grand prédicateur, imaginez que le plus petit des oiseaux, de quelques grammes, se pose une seconde, une fois tous les mille ans, sur les si hautes montagnes de l'Himalaya. Eh bien ! Quand de cette façon il les aurait usées jusqu'à ce que soit atteint le niveau de la mer, l'Éternité ne ferait que débuter ».

Gengiv's avait été impressionné. Il avait alors décidé qu'à sa majorité légale, il irait préparer son éternité à lui dans un ashram du désert de Thar, pour assurer son salut, loin des turpitudes de ce monde. Mais l'ingrate période de l'adolescence, et surtout de mauvaises fréquentations en Énarchie l'avaient fait évoluer. Dorénavant, l'éternité leur appartiendrait, avait-il estimé avec ses amis. On savait la suite.

Pendant ce temps, la Favorite était active. D'une intelligence intuitive, elle ambitionnait les plus augustes destinées pour Gengiv's. *Tu es mon Khan sublime et généreux,* répétait-elle. Dans ses méditations, ou ses extases vespérales ? Voilà qui ne regardait personne. Mais en analysant de nobles objectifs, tel celui que n'avait pu atteindre De-Ré-Khan, elle amassait des sujets de réflexion positive, en pensant au prestige du Khan Suprême et aux intérêts de l'Empire. La situation financière était catastrophique, en grande partie du fait de la gabegie des administrations, de l'incurie et des dépenses extravagantes du Parti Hordu. Il fallait trouver des solutions.

GRAND ET PETIT DESTERHAM. ITITIMADOULETS ET SÉRASKIERS.

Pour plus de clarté, on aura évoqué le Palais-Boubon et celui du Palais du Luxe-sans-bourses sans s'attarder sur leurs fonctionnalités. Chacun de ces Établissements, inféodés à l'autorité du Palais Élyséen, hébergeait une structure participant théoriquement au gouvernement de l'Empire des Khans.

Au Palais-Boubon siégeait le Grand Desterham, avec plus de six cents Séraskiers, présidés par le Grand Séraskier des Séraskiers.

De même, au Palais du Luxe-sans-bourses siégeait le Petit Desterham, avec environ trois cent quarante Ititimadoulets, tous des parasites dorés, présidés par le Grand Itimadoulet, Chef des Ititimadoulets, et encore plus doré.

Dans les deux cas, comme dans tous les autres, l'usage de la majuscule était impérativement requis, y compris pour les adjectifs, mais quand même pas pour les articles. Les Khans honorent, aiment, adorent, révèrent la majuscule.

Les lecteurs les plus portés sur l'anticipation auront noté que ces titres de Séraskiers et d'Itimadoulets se retrouvent dans ce célèbre roman, d'aucuns parlèrent de conte, aussitôt lu dans tous les harems dès sa parution, cinq siècles plus tard, le Za-Dig, qui fut aussi célèbre que le Khan-d'Ide, Ide étant le diminutif baroque d'Idoménée.

Tous deux avaient été écrits par le dénommé Volt-hère, (pas si hère, et pas si pauvre que ça : on avait tiré à des milliers d'exemplaires). L'auteur était un de ces immigrés de la tribu des Gau-Gos, ou des Bogobogos, ou Bogonogobos, on ne sait plus très bien, bref des Tribus barbares de la région de la capitale de la Gaule. Il avait émigré avec sa petite famille en Mésopotamie, à cause de conditions économiques désastreuses, ainsi que des millions de coreligionnaires, tous immigrés comme lui, enfin, après avoir préalablement émigré, donc. Le conteur ne sait plus très bien s'il se fait comprendre quand ça devient compliqué.

Toujours est-il que dans le conte de Volt-hère, ces titres de *Séraskiers* et autres *Itimadoulets* allaient être beaucoup plus rares. Était-ce la preuve d'une radicale évolution politicienne dans la société de l'Ère Hosakimigi, avec révolution symbolique inspirée par les idéologues du Parti Hordu, démagogie, inflation de titres, en même temps qu'égalitarisme et nivellement vers le bas ? Ou s'agissait-il plutôt d'évolution cyclique naturelle ? Difficile de trancher.

Enfin, dans ces deux Desterhams, le Grand comme le Petit, deux groupes étaient à distinguer : l'un, majoritaire, et l'autre, minoritaire. Le Parti Hordu contrôlait tout et avait tout conquis. Les choses se passaient donc ainsi. Quand un Séraskier du Parti s'exprimait, il avait toujours juridiquement raison, car étant majoritaire. En revanche, si un Séraskier opposant avait l'outrecuidance d'intervenir, on lui expliquait patiemment, quel que soit le sujet traité, qu'il aurait obligatoirement tort, puisqu'il était minoritaire. C'était moral, simple et d'une admirable clarté.

Les Séraskiers avaient fait des petits dans tout l'Empire. Ceux du Palais-Boubon avaient toutefois réussi à faire admettre que le Titre de Séraskier de 1re classe leur soit exclusivement réservé. Tous les autres avaient été vaille que vaille répartis dans les 2e, 3e, 4e classes, en fonction de l'importance de leur fromage local. On envisageait sérieusement la création d'une 5e classe pour répondre à l'avidité Hordue.

Les plus entreprenants de ces multiples Séraskiers ne manquaient pas de se hausser du col à la moindre occasion. Certains avaient fait montre d'une imagination débordante. Parmi les distinctions prisées qui s'étaient ainsi multipliées, figurait, sitôt après la mention de Séraskier, un sigle dont on connaissait certes le sens des deux mots qui le composaient, mais dont les experts les plus érudits n'avaient réussi à percer la signification précise. Il s'agissait des initiales G.C. : Grand Cru.

Tout ce petit monde frétillait avec ardeur, grenouillait et kumulait d'ahurissante manière, en justifiant, en plus, sa façon de faire par des arguments étourdissants de mauvaise foi. C'était ébarnouflant. Gengiv's, Grand Vizir, de valeureux Chefs Hordus n'étaient pas sans se préoccuper de pareille situation et auraient souhaité y mettre fin. Les Ku-mulards faisaient la sourde oreille, allant jusqu'à affirmer en public qu'ils n'avaient rien à cirer des objurgations de Gengiv's et de ses Conseillers.

Le même Gengiv's avait beau avoir été un envahisseur déterminé, violent sinon cruel, bref un Grand Khan-quérant, il n'en avait pas moins quelquefois l'âme sensible. Il était affecté par cette façon de n'avoir rien à cirer, chez ses partisans G.C.

de basse extraction. Discutant avec ses Lieutenants, il n'avait pas manqué de s'interroger sur la problématique de la solidité de ces Sous-Hordes en cas de nouvelles guerres. Selon son humeur ou la pression barométrique, l'avenir lui semblait parfois incertain.

D'un genre différent étaient les Ititimadoulets, dont la compétence essentielle était le blablabla, qui ne servaient strictement à rien, étaient de purs parasites, coûtant de surcroît fort cher. Du moins ne s'étaient-ils pas reproduits partout, à la façon des Séraskiers. L'Ititimadoulet était la spécialité-maison, spécifique du Palais du Luxe-sans-bourses… Pour l'heure, la fin d'année s'annonçait aussi agréable que d'habitude. Avec l'automne, on ne pourrait plus se prélasser au soleil devant les jardins si bien entretenus. Mais les tournois de bridge et la chasse avaient repris. Et on était toujours entre deux lointains voyages, aux frais du khantribuable des souks. Étaient de plus bientôt prévus plusieurs excellents festins chez les Dignitaires. Et une conférence avec ce cher vieux farceur d'Oxymoron-Khan, un ancien de la maison. On passerait un bon moment. Pendant ce temps, Gengiv's et Grand Vizir régleraient tous les problèmes. La vie était belle, au Palais du Luxe-sans-bourses.

LES KAÏDS. LA FACE CACHÉE DE L'EMPIRE. UN MONDE ÉTONNANT.

On appelait Kaïds ceux qui étaient à la tête des Cités de l'Empire. Tous les Kaïds étaient des Khans. Mais tous les Khans n'étaient pas Kaïds, même si une affirmation aussi formelle peut sembler *as clear as mud* au commun des mortels non initié.

En pratique, la plupart des Kaïds des grandes Cités étaient aussi le plus souvent Chefs de Hordes. Ils assistaient au Grand

Babil et figuraient parmi les mieux dotés en privilèges et passe-droits exorbitants. On octroyait aux autres des terres fécondes et de riches troupeaux, car on ne pouvait caser tout le monde à ce Babil, où il y avait déjà bien trop de participants.

Non que l'on eût craint d'épuisantes Khankhanphonies. Pour ça, Gengiv's en avait vu d'autres, aux Congrès, Forums ou Séminaires de toutes sortes, dont il avait été éminent spécialiste, avec ses études de Secrétariat Général, après celles de l'ÉNA. C'était une époque heureuse, juste après qu'il eut un moment envisagé de se lancer dans les affaires et le coton, qui marchait fort, avant d'embrasser finalement la carrière des armes.

Non ! La limitation de l'accès aux avantages faramineux était tout bêtement que la salle du grand Babil, pourtant déjà immense, serait devenue trop exiguë si on avait accepté les demandes des innombrables postulants. Cela ne manquait pas d'entretenir aigreurs et rancœurs, ainsi que, à l'inverse, pertes de mémoire, ingratitude et trahisons, chez les mieux dotés.

Mais telle est la nature des Khans, analysaient Gengiv's et Grand Vizir, quand ils faisaient philosophiquement de concert la synthèse de tous ces manèges. On aurait à inventer toujours plus de nouvelles recettes de potage au fromage, pour tenter de rassasier les quémandeurs les plus insatiables, de même qu'on augmentait régulièrement le nombre déjà énorme, indécent, de Séraskiers, sans parler, bien sûr, des Ititimadoulets.

Tout cela ne datait pas d'hier… En résumé, l'Empire était dirigé par Gengiv's, soutenu par ses Hordes qu'il avait fédérées. Mais nul ne savait mieux que lui combien cette apparente union était fragile, le laissait vulnérable, malgré l'impression de toute-puissance qu'il essayait de donner. Telle était la réalité Hordue.

Le souci de la vérité totale oblige à préciser que le nom initial du chef du Parti était à l'origine Temudgin, devenu Tchingiz Khan, puis donc Gengiv's, que l'assemblée des Turco-Mongols, en l'an 1206, proclama Khaghan, c'est-à-dire le Khan Suprême de « tous ceux qui habitent sous des tentes de feutre ».

Ça ne s'invente pas. Pour des raisons évidentes, en accord avec l'Iditor, cette appellation prestigieuse mais phonétiquement malheureuse n'aura été mentionnée qu'une seule fois, par souci de précision historique. Elle a été remplacée par celle de Khan Suprême, ou de Grand Khan, dont usait Marco Polo, ce jeune roumi vénitien qui avait traversé tout l'Empire pour aller commercer en Chine.

LA TOUR DES KHANS : KHANS DU HAUT. KHANS DU BAS.

Les desseins des Khans n'étaient pas toujours faciles à percer. Et ceux de Gengiv's encore moins. *Le Khan a ses raisons que la raison ne connaît pas.* Personne n'aurait su dire pourquoi le Grand Khan avait tenu à ce que ses opposants, qu'il n'avait pas réussi à convaincre, aient la vie sauve et soient autorisés à avoir leur Quartier Général au sommet d'une haute Tour située non loin du Palais-Boubon. L'autre solution aurait été de les laisser errer dans le désert, sans nourriture ni eau, sous l'œil des vautours, jusqu'à ce que leurs os blanchis puissent servir de bornes pour marquer les pistes des grandes caravanes.

Il faut savoir prendre ses responsabilités, comme disent les experts en sciences politiques. Des responsabilités relatives puisque jamais on n'a vu de politiciens payer quoi que ce soit pour les bourdes ruineuses qu'ils prennent un malin plaisir à accumuler pendant leur vie édifiante… En pratique, le

Khan Suprême avait agi ainsi parce qu'il ne pouvait faire autrement.

Cette Tour était un peu un mystère. Elle aurait été édifiée en un temps record par une armée de djenns et mareds commandés par un Génie Géant ; avec les quantités de pierres provenant des ruines de la Tour Antique de Babel. Siégeait en tout cas, à la partie haute, le grand Quartier Général des Khans du Haut. Tous des Opposants. En bas, bivouaquaient les Khans du Bas, censés surveiller ceux du Haut, et composés du groupe des Bougons-Khans et des Lippus-Khans.

GRANDES INSTITUTIONS. CORPS CONSTITUÉS ET ANNEXES.

Le pouvoir était détenu par la caste des Khans guerriers et des puissants Chefs de Hordes. Ils s'en étaient emparés dans tout l'Empire, sans justifications ni titres, (n'ayant été à l'origine que simples Khans de base sans mérite particulier), et souvent sans efforts, sauf tout de même pour ceux passés par Énarchie.

La plupart des citoyens de l'Empire s'étaient gardés de faire un tel parcours, ayant préféré choisir parmi de multiples activités où ils avaient pu s'épanouir. Mais pour les vrais Khans, la vie ne se pouvait concevoir que dans les voies menant aux extases fromagères, jusqu'aux plus hauts grades possibles. Les chances d'accéder aux sommets étant bien plus grandes pour les anciens élèves de cette ÉNA dont on va donc maintenant parler.

DE L'ÉNA ET DE SES MULTIPLES DÉRIVÉS LINGUISTIQUES : E-NARCHIE, NANARS, ETC.

Un postulat avait été établi, selon lequel « les Tribus de l'Empire ne seraient gérées de façon optimale que si de brillants sujets, à l'aube d'une vie radieuse, acceptaient d'en faire le sacrifice, en renonçant à toute ambition personnelle, après avoir été éduqués dans l'École de l'Élite ».

Le dessein avait été noble, le résultat décevant. L'École en question (qui ne serait imitée nulle part au monde) s'appelait l'ÉNA. Ses Élèves, censés devenir « les plus remarquables gestionnaires de la planète », selon le vœu initial, avaient géré effectivement le budget de l'Empire : depuis plus de quarante ans, il était constamment en énorme déficit croissant. Située à l'origine à Haïdénabab, l'École existait néanmoins encore. Elle avait été transférée en partie dans une oasis de l'Est, ce qui avait coûté et coûte encore un nombre mirobolant de besants au citoyen contribuable suant sang et eau pour payer ces gabegies.

Il y avait donc eu pour le moins une grosse dérive, et une forte sclérose, sur plusieurs générations. Parallèlement, cette évolution avait été pire sur le plan sémantique. On avait en effet noté une effarante multiplication de dérivés linguistiques, plus précisément de création de diminutifs. Ils avaient été recensés dans une thèse, qui avait été résumée pour le grand public. Au fil des ans, on avait ainsi vu s'additionner, d'étonnante manière : Énarchie, énarque, énarchic, énanarque, énanarchie, etc.

Puis les Élèves eux-mêmes avaient proposé de changer la lettre initiale en minuscule avec tiret. Tout cela pour une petite touche moderne, une sorte de particule nouvelle. On avait ainsi vu apparaître e-narchie, e-narque… et ainsi de suite. On aurait tout entendu et vu en matière de fantaisies orthographiques. Pour en arriver, avec le bon peuple du Bazar, toujours porté sur le diminutif, à divers dérivés, le plus populaire étant Nanar(d), généralement avec majuscule.

Le néophyte ne peut échapper à une sensation d'angoisse dans un tel labyrinthe. La façon dont on qualifiait les Anciens de l'École pouvait tellement varier. Dans les allées du pouvoir, le sigle ÉNA restait le plus employé, mais pas ailleurs. Ainsi, dans les beaux quartiers d'Haïdénabab, on n'utilisait pas les noms que préféraient, par exemple, les Khans-Bougons. On ne va pas passer en revue les strates de la société. C'était devenu si compliqué que l'on faisait des cours d'initiation à ces nuances sémantiques byzantines. On recyclait aussi les anciens Élèves. Car il est important dans la vie, pour son équilibre personnel, de savoir au moins un peu comment les autres vous désignent.

Dans tout cela, une chose, au moins, faisait l'unanimité : la langue de ces brillants sujets. Tout le monde s'accordait sur un point : sa réalité désespérément énarchiante.

Cela avait été longtemps un tel sujet de conversation dans tout l'Empire que l'on n'en parlait plus. Des sommes énormes avaient été dépensées pour diffuser cette langue. Des milliers de scribes de tous Vizirats avaient établi dictionnaires, grammaires ou circulaires afin d'en diffuser l'enseignement. À celui de l'Éducation, on disait toujours manquer de postes, coûtant une fortune, mais on avait su en trouver pour cette tâche jugée plus exaltante que celle consistant à enseigner de façon normale.

Pour cette Éducation Impériale, l'exemple le plus célèbre, que l'on connaissait jusque dans l'arrière-fond des souks, avait été celui du ballon avec lequel jouent les enfants dans les cours de récréation. Il fallait l'appeler maintenant le *« différentiel rebondissant »* ! Idem pour des milliers d'autres exemples.

Même des secteurs tels que les hôpitaux avaient dû subir d'insupportables tracasseries imposées, à un personnel déjà surmené, par des experts ès jargons amphigouriques, diplômés de l'e-narchie de Santé, une métastase de l'ÉNA. Pendant ce temps, le peuple était écrasé d'impôts pour payer, en milliards, ces frasques énarcho-surréalistes que l'on retrouvait identiques, avec leurs auteurs immuables, en tous domaines.

Ces considérations historiques nous ramènent à Gengiv's, un des plus célèbres anciens élèves de l'École, qui parlait un pur énarchiant. Un peu style Khan-Dissous, qui s'était rapproché de lui (un copain de promotion). Tous deux n'étaient pas du même bord officiel, mais cela était sans importance : ce qui comptait, c'était qu'ils soient e-narques. En sortant de l'École, on pouvait choisir le trottoir de droite ou de gauche, selon les opportunités, sur un coup de dés. Tout le reste était du cirque, pour la galerie, le guignol des politico-meddiahs, qui en feraient du spectacle. Dans la coulisse, on se retrouvait entre amis, entre potes.

L'énarchiant de Gengiv's était donc excellent. Ce qui, au passage, n'était pas le cas pour Grand Vizir ou certains Chefs comme cette Zhécoloh-Khane, Hélédéjà-Omur, à qui avaient été octroyés des appartements somptueux au bas de la Tour-Minaret, pour y installer son Vizirat du Logement, un secteur à problèmes. Bon ! Pour Grand Vizir, ça pouvait aller. Il avait le mérite de parler gau-gau et germain, des langues roumies. Son accent aurait pu être pire. Mais pour Hélédéjà, le cas était désespéré, avec un énarchiant à la limite de l'incompréhensible.

Mais Gengiv's commençait à avoir des doutes. Certaines choses étaient bizarres. Il avait l'impression que l'énarchiant évoluait, et que le sien se démodait. Il s'était entraîné à de petits exercices en usant des néologismes e-narchics les plus récents. Voici ce que cela donnait. (Avec, pour règle, d'utiliser en trente lignes au maximum, le plus grand nombre possible des termes de base figurant sur une liste type, sans oublier les majuscules).

Dans le cadre d'une Démarche Volontariste et très Accréditive méthodiquement axée sur la Maîtrise de la Gestion Financière des Systèmes de Communication Pragmatique développés dans le Projet d'une Perspective de Qualification Évolutive Automatisée et résolument Futuriste, la Contractualisation Interne de l'identification du Projet Budgétaire, en bonne conformité avec les articles 237, 239, 307 à 311, 412, 417bis, modifié en 419, de la loi n° 33-415 du 30 novembre... etc.

On était à la septième ligne. Cela continuait sur vingt-deux autres. Le verbe ordonnant l'ensemble de la phrase pointait à la dix-neuvième.

Gengiv's avait demandé de juger l'exercice à un brillant récent promu de l'École, qui avait étudié le texte et l'avait trouvé parfait. En l'écoutant, Gengiv's avait ébauché un sourire gêné. Pour lui, ce n'était pas si clair que ça, et cet exercice de rédaction l'avait fatigué. Mais à qui pouvait-il faire pareil aveu !

Après avoir découvert l'ivresse des cimes, Gengiv's devait composer avec la solitude des sommets. À fréquenter des élites parlant la langue anormale d'une École prétendue normale, il était difficile de s'y retrouver. Il devait se désintoxiquer, en rencontrant dans les souks des gens normaux, en bavardant avec eux. Il regrettait toutefois un peu qu'ils n'eussent plus le réflexe de se prosterner devant lui, en début et fin d'entretien, comme rituellement pour les audiences et au Grand Babil.

APRÈS CE DÉTOUR PAR E-NARCHIE, RETOUR AUX GRANDES INSTITUTIONS.

Il serait trop long de décrire l'infinie variété des strates de la valeureuse société civile qui avait à supporter la tyrannie des Hordes de Gengiv's. Multiples et très diverses étaient aussi les

Institutions qui faisaient le charme, la richesse et la gloire de cet Empire. On se limiterait à l'évocation de deux d'entre elles : la Gagadémie Nationale Littéraire et la Gadéme Gong Court.

Pourquoi ce choix, risquant d'être taxé d'arbitraire ? Tout simplement parce que ceux qui connaissaient le mieux Gengiv's avaient perçu qu'il commençait à ambitionner de ce côté aussi.

LA GAGADÉMIE NATIONALE LITTÉRAIRE.

Autrefois, quand on disait « La Gagadémie », il n'y en avait qu'une seule : la vraie. Ce n'était plus le cas. Une inflation regrettable avait obligé à accoler ce qualificatif de « littéraire » pour la différencier de celles qui avaient partout proliféré.

« Gagadémie » était le terme résultant d'une évolution linguistique imprévue. L'appellation était homologuée, tout cela n'intéressait plus grand monde. Bien sûr, le mot initial avait été celui d'Académie. Son emploi datait au moins du temps de Platon. Le mot avait eu une acception frivole : toute Khane de qualité, qu'elle fût jeune ou un peu mûre, s'attendait à ce qu'on dise qu'elle avait une belle académie. L'autre acception était la plus connue : l'Académie était l'endroit sélect regroupant les plus éminents lettrés, les plus diplomates aussi.

L'évolution était peut-être tout simplement liée à la charmante historiette que voici. Deux Académiciens évoquent un de leurs collègues, absent depuis quelque temps. Le premier d'annoncer : « Je viens de voir ce pauvre ami ce matin. Il est à moitié gaga ». Et l'autre de répondre, d'un air ravi : « Oh mais alors, c'est qu'il va beaucoup mieux ».

Bref, devenu consacré, le terme avait été utilisé de toutes les manières. On s'était fendu d'une Gagadémie, à l'imitation d'Institutions en mal de simplicité, jusque dans les plus petites

Principautés, comme celle de la Prunel, inconnue au Bazar. Tant de choses avaient changé ces dernières décennies, en cette belle cité d'Hémédénabab, avant que son nom devienne Haïdénabab.

Il n'y avait pas de Hordus à la Gagadémie. Pour le principe, Gengiv's avait fait enquêter. On n'avait rien trouvé de suspect. Il avait toutefois été ébahi par le rapport sur le Shogun de l'Ère Gipoga. (Il faut au moins deux syllabes pour définir une Ère. On l'avait donc rattaché aux deux précédentes).

Eh bien, il avait retrouvé une pêche d'enfer. Oubliées les déceptions de sept ans de labeur ; les infâmes médisances sur les impératrices, les mines de diamants du roi Salomon, les abattages d'éléphants – sujet tabou chez les Hordus – ; les trahisons de Sybarite et les siennes propres, chacun y ayant gagné le surnom de Ganelon. Oubliée la folle Énarchie. Tout cela relevait d'une vie lointaine. Il en revivait une autre.

Il s'était mis à la littérature gagadémicienne avec succès. Ses romans semaient l'émoi et le fantasme dans les harems. Il était devenu le G.O. de l'Institution, qu'il n'appelait plus que Club Gagad, ce qui était tendance et faisait plus jeune. On y organisait maintenant chaque mois une soirée où, à défaut d'aller jusqu'à l'orgie, on s'éclatait au sirop d'orgeat. Et les séances du dictionnaire étaient suivies de cours de danse, de tango surtout, où on se bousculait.

L'ancien Shogun, reconverti et transformé, y jouait de son accordéon avec des accents qui n'avaient plus rien à envier au bandonéon. C'était un spectacle ensorcelant de voir enchaîner à l'envi les déboîtés fougueux, à la fois aériens et concentrés, les virevoltes lascives ou les glissades langoureuses de toutes ces gloires littéraires de l'Empire, en de pareilles démonstrations si magistralement maîtrisées. Bref, Gipoga était devenu un Khan heureux, un joyeux bout-en-train, si l'on peut dire et oser écrire ainsi sans vouloir plus avant consulter le dictionnaire.

Gengiv's avait dévoré cette dernière partie du volumineux rapport de ses enquêteurs avec une curiosité gourmande. Après avoir poussé un gros soupir, il était resté longtemps méditatif. « Quand j'y siégerai, s'était-il dit en son for le plus intérieur, je laisserai le tango à Gipoga. Moi, j'ai plutôt le style flamenco ». Arrive-t-il que l'on se voie comme les autres nous imaginent ?

LA GAGADÉMIE GONG COURT.

Il y a erreur typographique. Il faut lire « la Gadémie ». Une nuance fondamentale, qui s'insérait au cœur d'un débat que personne n'évoquait jamais mais auquel tous pensaient toujours. Car subsistait une énorme différence structurelle entre la grande Gagadémie Nationale Littéraire et la Gadémie Gong Court.

Pourquoi Gadémie seulement, et non Gagadémie ? Eh bien, parce qu'il existait une indubitable et ancestrale rivalité, il était inutile de le cacher, entre les deux Institutions. L'ancienne auguste Gagadémie Littéraire était censée recruter le gratin des lettrés des cités, plaines, oasis, steppes, hauts plateaux de l'Empire. Subséquemment, la Gadémie Gong-Court n'aurait dû rassembler que des lettrés moins gratinés de la susdite liste des cités, plaines, etc., on ne va pas recommencer.

La réalité était plus complexe.

En schématisant à l'extrême, la Gadémie Gong-Court nourrissait une sorte de complexe injustifié, un peu de nouveau venu, nouveau riche, par rapport à l'emblématique rivale. Celle-ci, à l'inverse, n'avait pu totalement éviter le bouleversement que peut entraîner, chez une âme sensible ou une beauté dûment estampillée, l'apparition d'une potentielle concurrence.

À ces bases physiologiques, qui sont souvent le substrat de toutes discordes, s'était ajouté un élément fondamental dans la vie des hommes et des Khans. Pour en parler concrètement, le mieux était d'en rester à la délicate allusion, précédemment faite, au monde du gratin, de la crème, en bref, de la thune. On peut alors expliquer que malgré l'ancienneté, le prestige, et tout, et tout, la thune en question était bien plus rare à la Gagadémie Nationale Littéraire. Même si ce n'était pas logique.

Cela était dû à la tribu des Iditors. Car la Gadémie Gong Court avait concocté l'idée ingénieuse de créer un Grand Prix Littéraire, auquel elle avait accolé son nom, et qui surtout avait fait l'objet d'un intense battage meddiahique tous azimuts, avec micros et toute la clique. Les plus ignares des gens des souks avaient au moins une fois entendu parler du Gong Court. Qui était donc derrière tout cela ? Les Iditors, avec énorme tiroir-caisse à la clé, avec plein de thune, autrement dit.

À part cela, comme en toutes sociétés, les Gadémiciens ne pouvaient que ressembler à leurs confrères, avec même proportion de personnages dépourvus de sens de l'humour, par exemple, ou bien très sympas. Mais au succès de leur Grand Prix Littéraire, s'ajoutait une certaine rancœur à l'encontre des Gagadémiciens, qui les snobaient à l'occasion.

Puisque leurs rivaux les dédaignaient, disant doctement qu'en valeur brute objective, un Littéraire valait deux fois plus qu'un Gong Court, ils avaient pris au mot cette assertion bien présomptueuse et rétorqué que dans ces conditions, ils seraient Ga- une fois seulement et non pas deux, comme ces prétentieux de la Rive gauche. Les Gagadémiciens en étaient restés comme deux ronds de flan, et avaient admis qu'il était peu réaliste de se lancer dans la haute mathématique quand on est Littéraire pur.

En synthèse, les Gagadémiciens faisaient plutôt dans la mélancolie contemplative, à affronter l'éprouvante réalité : ils ne disposaient pas de thune en quantité suffisante. Cela était douloureux à vivre pour leur honorable corporation qui, elle aussi, avait quand même droit au bonheur.

Heureusement, dans la vie, tout espoir n'est jamais perdu. Merveilleusement, en dépit de son surmenage Gipoga venait d'avoir une illumination, avec une idée géniale, un peu du style Amer-Céhessgé-Khan, ex-Grand Vizir dont on parlerait bientôt.

Pour être plus populaire, il fallait une solution efficace. Il venait de la trouver. Il allait en parler aux collègues, qui seraient enthousiastes. Il bénéficierait ainsi de leur reconnaissance. Non pour devenir Secrétaire Perpétuel. Peu lui importait ! Mais on lui attribuerait bien, pour son prochain roman, le Prix prestigieux qui allait être créé.

L'idée, simple, était de trouver un sponsor riche comme Crésus. Au sud de l'Empire prospéraient divers Émirats, tous plus fortunés les uns que les autres grâce à cette huile magique que le monde entier achetait pour allumer les lampes. Dans le plus riche, Gipoga avait bien connu le père de l'actuel Émir. Il convaincrait le fils d'investir fortement dans la création d'un Prix qui laisserait sur place cette impudente Gadémie Gong-Court. Cela redorerait, en plus, le blason culturel d'un Émirat qui, jusque-là, s'était surtout intéressé à des jeux de ballons.

Telles étaient ces deux si importantes Institutions, ces mondes intéressants, à propos desquels méditait Gengiv's, et où il viendrait un jour planter ses tentes, pensait-il de plus en plus.

Ainsi fonctionnait l'Empire. Le décor étant posé, on allait pouvoir s'occuper un peu plus des personnages.

DEUXIÈME PARTIE

Les Hordes Alliées.

Avant d'aborder le cœur du Commandement de l'Empire, il faut décrire les Hordes qui lui étaient alliées. Elles avaient en commun deux caractéristiques : leur hétérogénéité et une totale indiscipline, qui en faisaient des auxiliaires de fiabilité nulle, ce dont était conscient Gengiv's, en sa perspicacité innée. On distinguait les Lippus-Khans et les Bougons-Khans. Il existait d'autres appellations, avec multiples sous-divisions. Quelques personnalités émergeaient, sur qui on allait se concentrer.

MOUSTACHU-KHAN.
GENÈSE DES LIPPUS-KHANS.

L'appellation Khans-Lippus – ou Lippus-Khans – était mystérieuse et faisait le désespoir des étymologistes les plus huppés de l'Empire. Faute d'explication rationnelle, on s'en tenait à ce qui reposait sur une sorte de légende populaire, dont le substrat semblait avoir été à l'origine un simple rêve.

La légende en question se rapportait à Moustachu-Khan, qui n'était pas un mauvais Khan comme ses adversaires auraient voulu le laisser croire, mais un Khan amène et détendu. Il avait débuté sa carrière dans les meddiahs-microslucarnes, sans avoir jamais été une de ces mouks-al-mierd, heureusement rares mais qui nuisaient à sa profession et qu'il méprisait. Puis les vanités du monde l'avaient lassé. Il avait alors quitté Hémédénabab pour guerroyer au sud-ouest, et conquérir une noble Cité, dans une région de grands vignobles, où il avait eu une vie heureuse et parfois été appelé Œnophile. Ce n'était d'ailleurs pas là son seul surnom. Il y avait eu aussi Écophile, ainsi qu'Acidophile, à ses débuts, où il tenait des propos volontiers caustiques. Celui de Moustachu s'était finalement imposé comme le plus populaire, à défaut d'être le plus original.

Ses affaires avaient prospéré. Audacieusement, il avait créé sa petite entreprise de récupération de Céodeuh, un déchet très répandu. De naturel curieux, il s'était aussi lancé dans des études sur la parthénogenèse pour constater, avec désappointement, que ça marche avec certaines espèces femelles seulement. Il avait alors fait ce rêve historique, qui avait donc été peut-être un des fondements du monde Lippu.

Il s'était ainsi retrouvé, par une nuit normale, selon la formule du nouveau code impérial, en habits de cérémonie, errant dans les étages de plusieurs tours immenses, au milieu de myriades de Khans-Lippus en pleine liposuccion active.

Par réflexe naturel, il était alors sorti de son rêve pour se poser des questions existentielles. Quels étaient ces Khans-Lippus ? Que signifiait ce terme ? Pourquoi ces tours, et ces créatures de rêve, n'ayant rien à voir avec ce que la formule sous-entend en général ? Autant de questions que tout individu sensé se fût posées aussi, et Moustachu était un Khan sensé. Mais personne ne lui avait répondu… Chacun a son karma. La vie suit son inéluctable cours. Le rêve avait donc repris.

Moustachu avait alors parcouru de longs couloirs, où alternaient colonnes de porphyre et vasques de marbre blanc emplies de graisse liquide. Puis il était parvenu dans une immense salle. Là, tout se mélangeait. Il se souvenait mal. Un Lippu lui proposait, avec accent nasillard, un sandwich au lombric, en expliquant que la coutume, chez les Oilh-Dolhars-Khans, serait de mettre 20 % de lombrics dans les steaks hachés, pour donner du goût et du protide concentré. Mais sans un gramme de cochon, cet animal impur. Ce qui était réconfortant. C'était là une formule parfaite pour faire grossir les plus jeunes, les boutures de Khans, qu'on liposuccionnerait quand ils seraient grands. Cela ferait une belle clientèle. On mélangerait la graisse au Céodeuh, pour s'en débarrasser, en faisant marcher encore plus sa petite entreprise. Le Khan-Lippu qui expliquait ça avec passion était tout excité. Cela allait devenir la mondialisation des Khans, l'affaire du prochain siècle, et que l'on exporterait le Céodeuh dans des paradis fiscaux, et qu'il fallait arroser ça avec des rhytons de jus de raisin, et que…

À ce moment précis, Moustachu avait décroché et s'était réveillé en criant, trempé de sueur et pourtant grelottant.

Pareil rêve troublerait l'âme la mieux trempée. Moustachu avait filé, dès potron-minet, solliciter l'avis d'un vieil aruspice de sa connaissance, spécialisé en analyse psychédélique.

L'homme de l'art avait écouté avec attention, paru un moment désemparé, pour vite se reprendre et péremptoirement déclarer qu'il ne voulait plus s'occuper de cauchemars avec Khans-Lippus depuis belle lurette, ni en entendre parler, car avec eux, tout pouvait arriver. Tout, entendez-vous ! Tout, avait-il répété en fixant son interlocuteur, avec une lueur tragique dans le regard. Et si Moustachu s'obstinait par hasard à fréquenter pareilles créatures, il comprendrait vite sa douleur et le reste. Il avait ajouté, sur un ton redevenu calme, que dans ces conditions, il s'abstenait de prendre des honoraires.

Moustachu n'était pas rentré chez lui en sentant *son âme s'épanouir et son cœur se dilater*, comme dit poétiquement Schahrazade. Il était au contraire plutôt déconfit, perplexe, un peu inquiet même, les trois à la fois. Toute la journée, il était resté allongé pour faire de la méditation transcendantale sur son sofa, ce qui n'était pas dans ses habitudes, car généralement il était un homme actif, rapport notamment au Céodeuh.

À l'apéritif, vers sept heures du soir, l'horaire classique, l'illumination avait soudain fulguré. La solution était simple.

Simple ! À condition d'y penser. Il suffisait, comme dans la pratique des arts martiaux des grands Maîtres chinois ou nippons, d'utiliser la force de l'autre jusqu'à l'absorber.

Il ne connaissait rien de ces Khans-Lippus, ni du sens même de ce mot, irréel, virtuel ? Soit ! Il devait alors s'en pénétrer, l'adopter, pour que de cette façon cela n'existe plus qu'en son propre intérieur. Il n'aurait ainsi le moindre problème avec un monde lippu mystérieux, puisque transformé lui-même en pur lippu. Je lippe donc je suis. Sublime philosophie.

On connaît la suite. Mandaté par ce rêve, Moustachu avait été un des fondateurs du Parti que l'on avait aussi appelé Zhécoloh, une dénomination parmi d'autres. Il était ensuite entré au Grand Desterham du Palais-Boubon, avec grade de Séraskier de 1re classe, mention G.C., distinction ici évidente, avec pareil terroir. Il s'était affirmé un des orateurs les plus éloquents de sa génération, en ce temple de l'art rhétoricien.

Ce Parti, dès ses débuts, avait marqué les esprits. Il était devenu un genre de concentré des Partis en tous domaines :

surabondance des candidats aux postes de présidence, zizanies, flou artistique des programmes, indiscipline, inefficacité. Aux débuts, de bonnes idées avaient été défendues, à propos de l'environnement. Mais les divisions, ambitions et une certaine tendance surréaliste avaient abouti à donner l'impression aux souks que ce monde Lippu était devenu une sorte de caverne d'Ali-Baba, où s'étripait joyeusement une bande d'arrivistes surtout préoccupés d'avoir leur part de gâteau ou de fromage.

Moustachu avait été un des Pionniers, en insistant évidemment pour que ses deux passions figurent en bonne place au programme. Pour le Céodeuh, il y avait eu unanimité. Côté reproductions exclusives entre espèces mâles ou femelles, l'enthousiasme était moindre : le peuple des souks ne verrait pas très bien ce que cela avait à voir avec l'environnement.

Puis les années avaient passé. La moustache était devenue grisonnante et son propriétaire désabusé. Il s'était retiré dans un appartement du rez-de-chaussée de la Tour-Minaret. Entre la partie supérieure occupée par le Q.G. des Opposants du Haut, et les étages inférieurs colonisés par les Khans du Bas, s'étendait le *no Khan's land.* Moustachu avait donc un poste d'observateur privilégié et restait dans le circuit.

Pour tout dire, il était en état de mélancolie morose assez préoccupant, dont hélas ne semblaient se soucier les donzelles et non moins industrieuses abeilles qui vibrionnaient dans le dédale de bureaux déjà accumulés dans les plus bas étages. Il s'agissait de faire tourner à plein la dynamique ruche que ne manquerait pas de devenir ce Vizirat du Logement, qui faute d'avoir été celui de l'Environnement, espérait agir comme tel.

L'air bruissait donc de rumeurs les plus diverses, dont des bribes parvenaient aux oreilles de Moustachu. Il y était question de vastes déforestations pour construire des milliers de yourtes en bois, plus économiques que le poil de chameau. Il allait falloir compenser, planter notamment quantités d'eucalyptus, qui avaient l'avantage de bien supporter la proximité de déserts.

Ces projets de reforestation concernaient les secteurs les plus variés, y compris les plus inattendus. Jusque sur le plan le plus hautement symbolique, car on avait décidé ni plus ni moins de reboiser aussi les aisselles : diverses études avaient montré que déodorants, épilateurs et autres inventions du diable étaient désastreux pour l'environnement, se révélaient alliés pervers de Céhodeuh et compagnie, et étaient donc à proscrire.

Moustachu-Khan percevait ce bruissement de projets si exaltants un peu à la manière d'un de ses lointains descendants, dans sept siècles, quand il quitterait son fort du désert des Tartares au moment où les choses sérieuses allaient commencer. La nouvelle des reforestations massives des creux et vallons axillaires (les aisselles, donc) l'avait un peu rasséréné pourtant. En lui laissant espérer qu'il pourrait peut-être retrouver ainsi, avec ce renouveau de subtils souvenirs olfactifs de jeunesse, les premiers émois qui l'avaient enchantée. Cela favoriserait aussi en principe, dans les rangs Lippus masculins, une positive élévation du taux global de testostérohn.

Mais la perfidie, ou la simple cruauté inconsciente d'une des abeilles sus-évoquées l'avait proprement achevé, avec cette précision que d'autres règles strictes allaient être adoptées. De même qu'il était impensable de pouvoir oser se brosser les dents en laissant couler l'eau précieuse venue des oasis, il serait aussi monstrueux de la gaspiller pour laver à longueur de jour barbes et moustaches. Ces pratiques d'un autre âge, entraînant un usage intensif de savons, parfums, teintures, décolorants, lubrifiants, fers à friser et autres sèche-poils, autant d'affidés sataniques de Céhodeuh et son cousin Mehtaann, seraient aussi proscrites.

Et il était hors de question de laisser ces espaces poilus à l'état de savanes non entretenues, faute de quoi ces moustaches fournies auraient au bout d'une semaine entretenu une affolante ambiance olfactive, en une sorte d'écho de ces savanes, si on ose dire ; dans ce monde où les goûts alimentaires plaçaient au pinacle divers ingrédients du genre beurre de chameau ranci ou fromage de brebis faisandé. Perspectives insupportables, car ne permettant pas le maintien de rapports sociaux harmonieux sous les yourtes, autant que dans tout milieu citadin en général.

Les temps changeaient, dans les équilibres toujours très précaires du système pileux planétaire – qui en avait connu d'autres depuis les lointains ancêtres et les Grands Singes. Les aisselles triomphaient, alors qu'allaient disparaître barbiches et moustaches. D'autres civilisations, d'autres systèmes sociaux connaîtraient les mêmes avatars. Tous les maréchaux-ferrants seraient un jour remplacés par des carriohlistes, une sorte de onzième incontournable plaie d'Égypte, dont la plupart iraient exploiter les humains en leur faisant payer à prix démentiel des réparations dont il n'aurait été nul besoin. Mais ainsi allait la vie en cet impitoyable univers de cette transitoire Ère Quaternaire.

Eh bien, qu'on le croie ou non, c'était là, ni plus ni moins, la conclusion à laquelle venait d'aboutir cette méditation magistrale qu'une insomnie inhabituelle avait suscitée chez Gengiv's. Comme quoi on avait une énième confirmation qu'il n'était pas qu'un pur guerrier, mais un humaniste achevé, doublé d'un philosophe doté de réelles potentialités télépathiques.

Ces derniers tourments ne pouvaient qu'aggraver les tendances dépressives de Moustachu. Il avait courageusement affronté la situation en mettant en chantier un petit jardin biologique, pour assurer un approvisionnement en légumes garantis sans pesticides. Il avait par ailleurs créé un élevage de paons. La débilité patente, autant que l'intensité des vocalises de ces volatiles, appelant un imaginaire Léon à longueur de journée, le ravissaient, dans la mesure où Hélédéja-Omur serait ainsi réveillée dès six heures du matin, en son troisième étage, ainsi que les Khans du Haut, les bruits ayant tendance à monter.

Mais il n'y avait pas que cela. Les paons exerçaient chez Moustachu une fascination qu'il avait pris la peine d'analyser. Avec le recul et l'expérience, il percevait mieux que cet animal était la quintessence métaphorique vivante du monde politicien, dont objectifs, espoirs et ambitions pouvaient être résumés par cette courte devise : *Être beau et Khan à la fois.*

Toute initiative a son revers. L'offensive des paons avait fortement contrarié Hélédéjà-Omur. La réplique ne s'était pas fait attendre. La jeune Viziresse n'appelait plus Moustachu que Monsieur Léon et avait enjoint aux membres de son cabinet d'agir de même en toutes occasions.

DE GRAND VIZIR À GRAND VIZ, PUIS VIZ, VOIRE VI TOUT COURT.

Ce Vizirat du Logement offert à Hélédéjà-Omur était, bien sûr, un cadeau empoisonné de Gengiv's et de Grand Viz, le dernier surnom de Grand Vizir, toujours aussi branché.

Réservé initialement à l'usage de ses proches, ce diminutif affectueux avait, de façon curieuse, été rapidement connu du peuple des souks, qui l'avait sitôt plébiscité et adopté, du fait probablement de sa connotation à la fois joyeuse, vibratoire et virile. Cela avait fortement fait remonter Grand Viz dans les sondages. Cette popularité, notamment chez les houris, avait d'abord étonné, puis flatté Grand Viz, ou Grand Vi (on ne prononçait pas toujours le z) qui, sans pour autant tomber dans la rodomontade aiguë, ne commençait pas moins à avoir tendance à faire le fat, à bomber le torse dans les couloirs, à se gominer la nuque et les tempes, bref, à prendre la grosse tête.

Dans la foulée, il avait réfléchi à une idée intéressante qui avait fusé inopinément. Outre ce diminutif perçu comme glorifiant, il aurait fallu qu'il ait aussi, comme d'autres Hordus, un cri de guerre, pratique à un triple point de vue : asseoir son prestige ; monter encore dans les sondages ; et regrouper ses fidèles autour de son gonfalon, dans le tumulte des combats.

Tout de suite s'était imposé un slogan qu'ingénument il avait jugé à la fois approprié, court et bien structuré. « Vite et bien ». Puis son beau front s'était rembruni : quand c'est vite, en général ce n'est pas bien. Une splendeur Teutonne lui avait appris ça en Germanie, lors d'un stage quand il avait vingt ans.

Une ultime préoccupation l'avait assailli. C'était bien beau de raccourcir son joli titre, en dégringolant ainsi de Grand Vizir à Vi tout court. Mais cela lui rappelait trop l'histoire du petit marchand d'oranges au souk, avec sa carriohl des quatre saisons et son écriteau qui mentionnait : « Ici on vend des oranges bien mûres ». Était alors arrivé un quidam du genre e-nanarque très pète-sec et ergoteur qui avait tout de go commencé à gloser.

« Pourquoi « ici » ? Elles ne sont pas ailleurs, ces oranges.

Et pourquoi « on vend » ? Vous n'allez pas les donner.

Et pourquoi « bien mûres » ? Vous ne vendriez quand même pas des oranges vertes.

Et pourquoi « oranges » ? Vous ne craignez tout de même pas qu'on les confonde avec des cerises ».

Annihilé par cette maïeutique très déstabilisatrice pour ne pas dire ravageuse, le petit vendeur s'était vu lucidement effacer son écriteau. Moyennant quoi il avait avec déchirement constaté le soir une chute de son chiffre d'affaires du jour de 50 %.

Grand Viz avait toujours été impressionné par le potentiel philosophico-économique de cette petite histoire. Il en avait tiré des leçons qui lui avaient servi par la suite dans son Kaïdat et sa carrière politicu. Il ne fallait pas oublier non plus, côté raccourcissements, le très gros arrière-plan négatif de l'Empire, dans un lourd contexte historique. Pour un futur certes en principe à long terme. Mais on ne sait jamais. La sagesse était donc de s'en tenir à Grand Viz, sans aller au-delà.

RÉACTION DE GENGIV'S AUX ÉTATS D'ÂME DE VIZ.

Cette réaction de Viz, à la limite du cabotinage ou du dandysme, sans vraiment surprendre Gengiv's, l'avait un peu déçu. Les pavanements et autres rengorgements dont Grand Vizir semblait ne plus pouvoir se passer étaient regrettables. Ils manquaient de classe. Ce bon Viz n'avait pas le niveau énarque.

Mais alors, là, Gengiv's faisait montre d'une incroyable mauvaise foi. Car Grand Viz avait au moins deux qualités énormes. D'abord, s'il n'était certes pas énarque, il avait en revanche le grand mérite de supporter la tripotée de ceux que l'on avait casés partout dans ses Services. Ensuite, il parlait couramment plusieurs langues étrangères, contrairement à beaucoup de ces élites qui avaient pour mission d'asseoir la gloire de Gengiv's partout dans le monde et auraient donc pu se donner le mal d'être polyglottes – ce qu'ils n'étaient pas du tout.

En vérité, ces considérations étaient secondaires. Ces succès Viziraux pouvaient certes avoir provoqué chez Gengiv's des crispations que, diplomatiquement autant que dignement, il garderait celées. Mais un simple diminutif qui fait gagner 5 % dans les sondages en un mois, voilà qui interpellait autrement ! C'était ça, l'essentiel, pour être loué comme un Grand Khan d'État dans le futur. Le comble : personne ne lui avait jamais parlé de cela en Énarchie, pas plus qu'aucun des copains de promotion qu'il avait placés partout autour de lui !

SOLILOQUE DE GENGIV'S.

Du coup, il avait cogité et fait le tour de la question. Des diminutifs étaient intéressants, mais il hésitait. Mieux valait les tester en prononçant à haute voix. On se rendait mieux compte. Or maintenant, il se retrouvait seul pour voir. Tiens ! Ça rimait avec *seul ce soir*, le refrain d'une chanson ancienne… Moi, je ne suis pas seul le soir ! Mais comme j'en discutais avec Grand Viz, ça n'aurait pas été plus mal de continuer nos séances comme au bord de la mer d'Aral. J'aurais pu étudier beaucoup mieux mes projets… Au fait, je lui trouve un air bigrement surmené depuis la rentrée, et il perd un peu la mémoire, ça, c'est sûr. Je lui ai demandé l'autre jour de me rappeler la recette de son millefeuille. Et il a oublié ! Il faut dire que je cumule, moi, avec les soins. J'en avais discuté avec son barbier, et je savais qu'il manquait quelque chose dans la recette. Le concombre sauvage. C'est ça qui donne la consistance à la préparation. Si le barbier n'avait pas commis d'erreur, ça n'aurait pas coulé partout. Il y en a eu plein sur tout le pantalon. Heureusement, j'avais enlevé le caftan. Mais Biche n'a pas apprécié. Il faut la comprendre… Car évidemment, pour ce millefeuille à la Viz, il a fallu que je m'y mette, moi aussi. Oh, je les avais déjà repérés, dans le miroir, avec Grand Viz. Les golfes clairs, oui ! Je serais presque pire que lui, hein. Cela semble bien marcher dans son cas. Mais pour moi, il faut que je m'organise mieux le soir. J'ai trop de choses en même temps. Je vais tout modifier, en faisant maintenant à la place deux demi-séances. La première pour la gingivalisation, et pour la prononciation des diminutifs à haute voix. Mais sans parler trop fort, à cause de Biche, qui a l'oreille fine. En ce moment, elle est plongée dans le dernier roman de Gipoga. La star de la Gagadémie, à ce qu'il paraît. Il y fait des soirées dansantes et les femmes sont folles de lui. Franchement je ne sais pas ce qu'elles lui trouvent, avec son chuintement distingué. Il paraît qu'il se laisserait pousser des frisottis sur les côtés. Ça le rajeunirait… Il faudrait peut-être que j'essaie. En tout cas, lui, au centre, c'est plutôt le style Désert de Karakoum. Comme Grisbi ! Tiens, il faut que je le voie, ce cher Grisbi. Pour cette histoire du prix au bit carré des belles yourtes, dans le 16e arrondissement. C'est là que Ségo veut installer son filleul. Pendant que j'y serai, il faudra que je lui parle aussi des conséquences financières du dernier projet d'Hélédéjà-Omur-Khane… Affolant. Ces Lippus-Khans ! Ils délirent de plus en plus… Au fait, à propos de la star de la Gagadémie, Tonton-Mikado-San m'avait dit, quand il m'avait envoyé en mission dans le Centre, qu'elle avait mal manœuvré, la star Gipoga... Ça m'a plutôt bien réussi, entre parenthèses, le Centre, hein !... Il m'avait dit qu'il pensait sérieusement que son prédécesseur aurait dû commencer beaucoup plus tôt cette technique du millefeuille, et qu'alors, ça aurait pu marcher. Lui-même aurait été intéressé, mais une de ses femmes n'avait pas voulu parce qu'elle était allergique au concombre. Alors laquelle ? Ça, va savoir ! j'ai oublié, moi. Il faut reconnaître que je m'en moque, alors là, plus qu'un peu, maintenant. Je suis le Chef des Hordus, super-détendu face à mes Opposants battus... Pour revenir aux allergies, ça peut être un gros problème et un handicap. Je me demande si Schah-bis-Khanne ne serait pas un peu allergique, par hasard. Il y a longtemps que je ne l'ai pas vue. Elle serait bien en train de comploter quelque part. Elle a évidemment une grosse dent contre moi ; depuis ce combat dit des Primaires où je l'ai si bien vaincue. Elle a voulu se venger en avantageant outrageusement les Zhécolohs pour essayer, bien en vain, de m'enquiquiner. Je me demande ce qu'elle traficote maintenant. Il faudrait faire une petite enquête... Bon, alors, pour en revenir à cette deuxième partie de la séance, je pourrai bloquer ensuite simultanément le millefeuille et le masque de momie emplâtre ; pas en plâtre, non ! enfin, en pratique, hein, c'est tout comme. Ainsi, je n'aurai pas besoin de parler, ça ne se fendillera pas et ça restera bien en équilibre en même temps... Cette histoire de diminutif c'est évidemment très important pour les Khans ! Ça pourrait vraiment me faire remonter dans les sondages. C'est quand même ce qui compte le plus en politique. Entre nous, je trouve d'ailleurs ça navrant. Au fait, je ne vois pas pourquoi j'ai dit « entre nous », puisque je suis tout seul... À ce propos des

Khans, il y en a un tas qui mériteraient vraiment des flopées de coups de babouche au falzar, pour parler poliment ! Mais il faut leur faire des risettes et gingivaliser en permanence, en plus, avec ces sagouins-là ! Tiens ! C'est pas mal, cette formule ! Mes bien chers Sagouins !... Ah ! J'aimerais tellement pouvoir me défouler de cette manière de temps en temps. Si j'arrivais à m'offrir ça aux lucarnes, je voudrais tellement voir leur tête, ce jour-là. Bon, il faut quand même que je fasse attention et que je n'y pense pas sans arrêt. Ça va finir par m'obnubiler. Hier, tiens, au dernier Babil, ce cher vieux Khan d'Antiquus nous a fait un de ces rapports d'une méga-longueur… Ça n'en finissait pas ! À propos de l'influence de la mousson sur l'économie rurale de la Papouasie Occidentale. Tu parles, la Papouasie ! Antiquus, je le connais par cœur. Toujours bronzé et en voyage. Un véritable Ititimadoulet. C'était pour passer par Bali et voir les danseuses qu'il est allé traîner là-bas, oui ! Il aurait bien dû m'y emmener en m'organisant un superbe voyage présidentiel très officiel, pendant qu'il y était. Comme ça se passait si souvent au temps de Sybarite. Lui, au moins, il savait vivre, avec sa folie-passion pour la tête de veau. Ah ! il n'y avait pas la crise, à son époque. Du temps de Tonton, non plus, sans quoi, lui, il n'aurait pas tenu six mois ! Quand Sybarite et ses copains partaient en virée, c'était en nombre ahurissant, et pas avec du mousseux sans alcohl. Ça devait coûter un max. L'invincible Khan Sachimigi, que j'ai si glorieusement terrassé, lui, c'était plutôt l'opposé. Il ne touchait même pas aux plus grands crus. Comme ça, au moins, il m'aura laissé toute sa cave !… Aller à Bali, Biche aurait bien aimé. Ils n'enquiquinent pas les Conquérants dans mon genre avec le foutu protocole. C'est vrai que je lui facilite pas la vie, à ma Biche, avec ma phobie du mariage. Le mariage pour tous ! comme serine Des-Sceaux-Khane, avec son dernier slogan débile. Elle n'a même pas dû en faire exprès. Je suis sûr que c'est davantage de l'incompétence que de la provocation. C'était si simple de trouver un autre terme. « Union civile », par exemple. Nos ulémas sont furieux. En tout cas, mariage pour tous, peut-être, mais pas pour moi. Certains sont agoraphobes. Moi, je suis un hymenaphobe… À Bali, ils doivent en fait être tous plus ou moins polygames. Comme l'était ce cher Tonton. Ah ! Ce sacré Mikado-Khan Shogun ! Un malin qui savait vivre et a vraiment profité du système au maximum. Mais attention, lui, c'était un cas… Le genre mystérieux, avec toujours l'air de siffloter en sourdine. Antiquus l'a bien connu. Il a même été son Grand Vizir. Et le Star-Star donc ! Il l'a assez peloté ! Je me souviens d'une virée bien arrosée, à tous les trois. Ce qu'ils ont pu m'apprendre ce soir-là ! À l'époque, ça ne bricolait pas… À propos de bricolage, je me suis un peu fait avoir par mon habituel faiseur de discours et sa dernière trouvaille de boîte à outils. Il paraît qu'ils m'appellent tous le *Bricoleur de l'Élysée*, maintenant. Ils auraient pu aussi proposer *Le mécano de la Quinquennale*. Cela dit, je préfère nettement ça à *Pépère le Mol*, comme certains avaient suggéré… Pour Tonton, il avait un gros défaut : il n'était pas énarque et en plus il ne nous aimait pas beaucoup. Comme tous les non-énarques, en fait. Alors, ainsi que je disais, mais je ne sais plus très bien où j'en suis, ah oui ! au dernier Babil, le topo d'Antiquus était si long que j'ai un peu décroché, moi, et j'ai repensé ferme à mes sondages… Mais du coup, une fois qu'Antiquus a eu fini, s'est installé un grand silence, qui s'est prolongé, prolongé… Chacun attendait que je commente. C'est Grand Vizir qui a sauvé la situation... Heureusement ! Il m'a tout raconté après. Antiquus n'avait pas l'air vexé C'est un bon bougre. Il faudra tout de même que je pense à le flatter, la prochaine fois que je le verrai. Je lui dirai que le nouveau Mikado de l'empire Nippon a été impressionné par son sens de la diplomatie. Il sera content... Actuellement, il a l'air de s'intéresser énormément à l'Extrême-Orient, Antiquus. Il est vrai que ça a l'air de marcher très, très fort là-bas, en ce moment, les Antiquités, la porcelaine, les sceaux, les sushis. On voit qu'ils n'ont pas la crise, avec auchi des souchis, comme ils diraient dans ma si belle région du Centre. Oh ! À propos de ça, et en repensant à ces sceaux, on a passé une soirée démente, complètement folle, l'autre soir, avec les trois chers compères Trilobites, Antiquus, Tonduk et Grisbi, plus deux collègues du cabinet de Grand Viz. C'était théoriquement une réunion pour faire le point sur les Marchés. On était entre nous : rien que des e-narques, et des super G.C., comme on dit chez les Séraskiers. L'élite, quoi. Antiquus nous avait ramené du saké de son dernier voyage avec la valise diplomatique. Oh ! là ! là ! Ça a très vite dégénéré. On n'a pas trouvé de solutions pour les Marchés, ça, c'est certain. Mais ce qu'on a pu s'amuser ! Sakément traître, ce sacré alcohl ! Je ne sais plus qui a lancé l'idée d'un jeu du futur, sur le modèle de l'écriture automatique, ou instinctive, quelque chose de ce genre, comme expliqué dans un livre d'anticipation se passant dans six ou sept siècles. Le principe est simple. Il consiste, à partir d'un mot donné, à en ajouter un autre qui rime, le premier qui va passer par la tête, et à tour de rôle. On a fait une kyrielle d'associations hilarantes. Je les ai presque toutes oubliées. Mais au sujet des sceaux, justement, il y en avait eu une aussi. Ce n'était pas la meilleure, mais celle-là, je me la rappelle un peu. Surtout grâce à Des-Sceaux-Khane. On a tout centré sur elle… Grisbi a tout d'abord suggéré des seaux. Ça n'avait vraiment rien de transcendant, c'est évident, mais en pratique, le plus drôle, c'était d'imaginer la scène, en bavardant comme si on était la Viziresse elle-même, tout en essayant de l'imiter le mieux possible en situations diverses, avec ses seaux et des variations d'intonations. À ce jeu-là, Grisbi est imbattable et avec un peu de saké, il était absolument grandiose. Ensuite, les deux collègues du cabinet de Viz ont continué et successivement annoncé sauts, puis sots. Madame la Garde des sauts sots, sautez ! Et encore, on a évité le pire : on était censé être à l'impératif, pas au participe passé. Il faut tout de même rester correct. Ensuite, c'était à Tonduk, qui commençait à être bien éméché. Il a hésité, forcément, la voix déjà un peu pâteuse… Puis son visage s'est illuminé et il a expliqué : « Mais elle a le droit d'être devenue bè-bè-… de s'être mise à bé-bé-… bééé-gayer ». La tête qu'il a faite en disant ça ! Tonduk, c'est un acteur-né. Alors, a-t-il poursuivi, je pro-po-pose : des sceaux-seaux-so-sots-sauts-sau-… sauve-qui-peut ! Et cela a continué… C'était peut-être idiot et pas très intellectuel, mais on a tous vraiment beaucoup ri. Bon, il faut bien savoir quitter les hauteurs de temps en temps et vivre un peu, quoi… Non ? Des très grands comiques, nos Trilobites. Mais mieux valait que l'intéressée soit absente. Pour tout dire, ce n'est pas la Garde des Sceaux que j'encadre le mieux ! Je préférais Chatte-Khane. Une grande charmeuse. Elle s'est retirée du monde. Voilà une éternité que je ne l'ai pas vue. Il faudrait que je me renseigne… Pour revenir au poste, je l'ai refilé contre la promesse que Des-Sceaux se range sous ma bannière, quand j'ai conquis le pouvoir. Je ne voulais pas qu'on me refasse le même coup que pour ce cher Khan-de-Ré quand il a échoué de si peu. Mais comme ça, mine de rien, elle m'a carrément forcé la main, ce que je n'ai pas apprécié. Ce pauvre De-Ré-Khan ! Il a été trahi de façon honteuse, et ce serait justice élémentaire que je le venge un jour. Dans le fond, c'est bien lui qui aurait dû occuper le poste à ma place… Ainsi que ce cher vieux Valseur-Khan. À chaque début d'année, je devrais leur faire envoyer une caisse du meilleur jus de raisin, à ces deux-là… Pendant que j'y suis, je pourrais aussi déposer une couronne sur la tombe de Tonton ; ça, c'est bon pour les sondages, pensa-t-il soudain…

C'est à cet instant que Gengiv's cessa de soliloquer. Il avait reçu un message auquel il devait répondre d'urgence. Le conteur, quant à lui, avait pu enfin passer à la ligne.

LE CONTEUR RONGÉ PAR LE DOUTE.

À ce moment de la narration, Schahrazade vit apparaître le matin, et discrète, se tut.

Le conteur connaissait les horaires de Schahrazade, qu'il admirait tant, la plaçant au-dessus même du célèbre Omare, avec son *Iliade* et son *Odyssée*. La meilleure solution pour s'entretenir en aparté avec elle était de l'aborder au petit matin. Ce qu'il avait osé faire, ému, les yeux emplis d'admiration. Elle s'était aimablement enquise de l'objet de la présence du conteur, qui ayant repris ses esprits, avait exposé ses préoccupations.

Il s'était lancé dans la narration d'un conte épique, qui lui posait problèmes, avait-il expliqué. Il souhaitait lui conférer une tournure moderne, insister sur des personnages, avec longs soliloques. Mais il s'était mis à douter. Pour tout dire, il avait voulu s'inspirer de l'opéra, où on insère, de-ci de-là, de grands airs, un morceau de bravoure. C'était peut-être une erreur.

Schahrazade, malgré sa fatigue matinale, avait écouté avec bienveillance. Quand le conteur eut fini, elle expliqua que conte et opéra relevaient de mondes artistiques différents, même s'il pouvait y avoir des points communs. Les grands airs étaient différents du genre du soliloque. Simplement parce que la musique est magique. Ainsi, un livret d'opéra pouvait-il être indigent. Mais un soliloque, non. Bref, Schahrazade, sans vouloir le bannir, en déconseillait l'usage abusif dans les contes, même à tendance moderne.

Et si on insérait une notule à son début, avec numéro de la page où il se termine, pour bien avertir le lecteur ? avait hasardé le conteur. À ce moment-là, l'Iditor, qui avait assisté à toute la scène, mais jusque-là sans dire mot, était sorti de ses gonds.

– Écoutez, avait-il scandé, Madame est fatiguée et de la manière la plus légitime souhaiterait aller se reposer. Et vous commencez à nous emmerder avec vos soliloques. (Il n'avait jusque-là jamais été aussi cru et direct).

Après un court silence, il avait repris sur un ton plus posé et presque pathétiquement désabusé.

– Vous savez, avec tout ce que j'ai déjà idité dans ma vie, toutes ces khanneries sur des milliers de pages, je suis blindé. Freinez sur le soliloque, comme le conseille Madame, et mettez un terme à vos états d'âme.

Ils avaient alors pris congé de Schahrazade, après l'avoir vivement remerciée. Le conteur n'en avait pas voulu à l'Iditor de sa sortie. Il avait supprimé illico une longue phrase de cinquante lignes, dans le style du cheikh Omar-el-Prousth, liée à un auto-pari blâmable. Dans la foulée, il avait éliminé quantités de pages un peu délirantes. Il se sentait libéré, prêt à aborder la suite sans compliquer davantage.

RETOUR AUX LIPPUS-KHANS.

Retour, donc, aux Lippus-Khans, amis de Moustachu. L'ambiance était folklorique au Parti Zhécoloh. Leurs Grands Ancêtres étaient originaires des plateaux du Larh-Zak : leur seul point commun. Sinon, simples militants autant que dirigeants étaient d'opinions variées et humeurs changeantes. Les sous-Tribus étaient légions, de l'ordre du groupuscule parfois. Ce n'avait pas été une mince affaire de les unir, en apparence au moins, pour en faire une Horde alliée à la conquête du pouvoir.

Divers Notables du Parti, amateurs de farniente, avaient préféré devenir Ititimadoulets. Jusqu'à former un groupe pur Lippu au Petit Desterham du Palais du Luxe-sans-bourses ! De quoi avaient beaucoup ri les Hordus, de voir ces durs de durs d'Imprécateurs de Zhécolohs de leurs babouches demander, toute honte bue, une aide pour venir planter leurs tentes en ce fromage. Car pour les vrais militants Lippus sincères, ce Palais restait le modèle blasphématoire de tout ce qu'ils rejetaient.

L'exemple avait été montré par une Dirigeante. Les opportunistes avaient suivi. Il s'agissait de Jurassik-Khane, également nommée Héléodla-Dumur, qui venait d'une Province de l'Est. Elle avait dû vite la quitter, pour se récupérer un nid douillet en ce Palais du Luxe-sans-bourses, avec train de vie fastueux, et garantie d'une retraite idoine. Elle avait eu du moins la décence d'être discrète ensuite, consciente qu'avec sa nouvelle appartenance, elle perdait toute crédibilité.

En pratique, les houris Lippues semblaient avoir annexé le pouvoir. Le seul mâle du Parti à être encore connu du Bazar était un Sympa-Khan qui avait passé une bonne partie de sa vie en Germanie, le pays grand spécialiste en carriohls, pour les rahllihs dans le désert. Par rapport à ce qu'il avait pu dire et faire dans sa jeunesse, il était devenu plutôt très cohérent. Les Lippus n'écoutaient pas pour autant ses sages conseils. Deux Dirigeantes fréquentaient particulièrement les meddiahs.

HÉLIRA-OMUR-KHANE.

L'une, Hélira-Omur-Khane, d'origine Viking, avait dans sa jeunesse été élue à un rang brillant à un Concours de reines de beautés nordiques. Mais l'événement phare de cette époque était pour elle tout autre. Il avait eu lieu à la Fête des écrevisses, à Tønsberg, près d'Oslo, chez un armateur de baleiniers. Hélira s'en souviendrait toujours. Elle portait une grande serviette nouée autour du cou, en papier, où figurait une écrevisse rouge sur fond blanc. Elle avait commencé à réciter un poème.

Vem kan segla för utan vind ?

Vem kan... Et là, brusquement, tout avait basculé. Une soudaine éblouissante vision mystique. Elle s'était clairement vue au paradis, entourée de puissances divines bienveillantes. Après bien des recherches, elle avait découvert que ce Panthéon entrevu dans l'extase était le Grand Conseil Khanstitutionnel de l'Empire, au début de l'Ère Gipoga. Son destin était scellé.

Elle avait fait ses malles et débarqué dans ce pays où la gastronomie était tellement supérieure à ce qu'elle avait connu jusque-là. Elle avait ensuite œuvré pour atteindre son Graal, intégré le Parti Lippu, puis fait connaissance de Gengiv's, qui avait paru ému par le récit de ses aventures. Elle l'avait trouvé beau, spirituel et même très *kul*, mot de dame Viking ayant le sens de drôle. Flatté, Gengiv's avait laissé penser qu'il pourrait la faire entrer dans ce Conseil de ses rêves. En échange, elle aurait à le soutenir contre vents, marées et surtout courants multiples, la caractéristique du Parti Lippu. Depuis, Hélira marchait sur un tapis volant, dans l'attente du paradis ; elle était devenue fann (argot mongol) de Gengiv's en Pays Zhécoloh.

Un obsédant souci de vérité historique impose d'apporter ici deux rectifications importantes.

D'abord, Gengiv's n'avait rien à faire des Lippus, dont il pouvait se passer pour gouverner à sa guise, malgré les manœuvres de Schahrazade-bis. Mais il préférait jouer au Khan avec eux, sur fond de papouilles, pour mieux les avoir à l'œil.

Ensuite, il n'avait rien laissé paraître de sa réelle stupeur, ni de ce qu'il s'était mis à marmonner intérieurement, quand cette fraîche petite Viking était venue lui conter ses états d'âme. À coup sûr, elle avait mal identifié le lieu de son extase. Avec le genre de mandarins qui siégeaient à ce Conseil, – il pensait surtout aux deux plus grands, par la taille, – il n'y avait pas de quoi s'éclater et se sentir transporté, en tout cas c'était là une idée qui ne lui serait jamais venue ! Elle avait dû confondre avec Odin et d'autres joyeux drilles de la bande du Walhalla.

En vérité, une fois dans la place, elle serait horriblement désappointée, et là, se sentirait vraiment arrivée au mur. Mais, après tout, c'était son karma, et un Grand Conquérant évite de se mettre en travers du karma des gens, sauf évidemment quand c'est à chaud et au cœur des combats. Là, en effet, il en va des karmas comme de la main et de ces lignes de vie pourtant si nombreuses à avoir été si longues, parmi tous ces morts, si jeunes, des multiples champs de batailles du monde.

En tout cas, dans l'affaire, Gengiv's avait maintenant une inconditionnelle au Royaume Lippu. Quant au poste promis, il allait sans dire qu'il ferait poireauter le plus longtemps possible. On est un Illustrissime Conquérant, ou on ne l'est pas. Il lui avait fallu des décennies de politiciennerie pour anesthésier sa nature délicate et sensible. Mais maintenant, il se laissait aller à penser, en gingivalisant devant son miroir, qu'il était devenu un beau et dur guerrier inflexible et cynique. Chiromanciens et mages lui avaient assuré que la majorité des houris de l'Empire l'idolâtraient tel quel. Il en éprouvait des frissons voluptueux.

HÉLÉDÉJÀ-OMUR-KHANE.

L'autre dirigeante importante, au Parti, plus puissante encore, (pour l'heure, car ça changeait vite chez les Lippus), était Hélédéjà-Omur-Khane. Si on avait entrepris de résumer sa carrière de façon anecdotique, moins historiquement rigoureuse que ce qui a été fait depuis le début de ce conte, on aurait pu dire que l'on allait entrer, avec elle, dans le domaine du muscle.

Du muscle, ou plus précisément d'un groupe musculaire, composé de trois éléments : petit, moyen et grand adducteur. *Custodes virginitatis,* comme Horace les appelait déjà. Mais il ne s'agissait évidemment pas de cela, chez cette Viziresse respectable, respectée, au demeurant honorable mère de famille. Non ! Bien sûr… L'autre intérêt des adducteurs est de jouer un rôle passif essentiel dans ce qu'on appelle le grand écart.

Et là, sur ce point, cette jeune dirigeante, qui avait l'avenir devant elle, était dotée de talents, on peut dire prodigieux. Un esprit farfelu eût-il entrepris d'organiser un grand concours des adducteurs les plus souples, ou encore pour élire une Miss Adducteurs, au Grand Babil ou au Grand Desterham, qu'il n'eût trouvé de candidates, tant le résultat ne faisait de doute.

On avait partout salué la performance. Selon modalités allant de l'enthousiasme admiratif au dénigrement jaloux ou à la critique virulente, comme il en va dans les mondes politiciens.

Quant à décrire dans le détail ce qu'il en était du pourquoi de ce grand écart, la cause était partout trop connue pour qu'il y ait à s'appesantir. On dira seulement qu'il doit être si difficile, psychiquement et musculairement, de sentir en permanence une telle pression ; en sachant que l'on doit défendre, en tant que Viziresse, une position opposée à celle que l'on soutient dans son propre Parti avec l'appui passionné de ses militants Lippus.

Mais il aurait été très injuste d'en vouloir pour autant à Hélédéjà de cette ambiguïté. Elle n'avait pas eu, quant à elle, la chance d'être éduquée à l'École de la Science politicienne ; d'être e-narque ou parrainée ; et d'avoir, en plus, fréquenté les bons endroits, les bonnes relations, dans les bons quartiers, au bon moment. Elle s'était faite seule, à la force des poignets. Et quand on a faim, il est légitime de vouloir en croquer et de rester à la table du festin. Quant aux amis militants et à leurs opinions ! On verrait. Il était impossible de concilier tout cela. Mais ainsi qu'il a été dit par les Anciens, qui aurait osé lui lancer la première pierre ?

Comment, aussi, cela finirait-il pour elle et tant d'autres ? Son karma était celui de tous politiciens ! Ballottés entre états d'âme disloqués et magouilles de circonstance, à la façon des girouettes balançant en toutes directions quand surgissent sur les minarets les vents tourbillonnants des tempêtes des déserts.

Tels étaient les Grands Lippus-Khans et leurs Hordes indisciplinées. Tels étaient Moustachu-Khan, Jurassik-Khane, Hélira- et Hélédéjà-Omur Khanes, et les autres.

AUTRES KHANS DU BAS : BOUGONS-, -SACRÉS, -TORDUS, ETC.

Il s'agissait d'entités aussi hétérogènes que celles des Khans-Lippus. Leur réunion avait permis, là encore, de créer une apparence de Horde unie, qui était allée jusqu'au conjungo avec Gengiv's. Celui-ci s'en méfiait encore plus que des Lippus. Pour une raison très simple : ce Parti ne devait son apparente unité qu'au charisme d'un tribun qui était un des adversaires intimes préférés de Gengiv's, avec réciprocité intégrale.

Ce mariage n'était pas de passion désordonnée mais de seule haute stratégie. Ces manœuvres politiciennes n'étaient pas toujours connues des militants de base de cette Horde, qui réaliseraient donc d'autant plus fort, sur le tard, combien ils auraient été trompés, selon une règle universelle immuable.

On leur connaissait de nombreux noms, Parti Bougon étant le plus fréquent, de par leur tendance à bougonner, huer, manifester. Celui de Khans-Sacrés datait des débuts. On en usait peu, à cause de l'inversion fréquente des deux mots par des esprits primaires : l'expression de Khan Sacré n'avait pas du tout la même connotation que celle de Sacré Khan.

Gengiv's et ses proches, quant à eux, lorsqu'ils étaient en petit comité, n'utilisaient que l'expression Khans-Tordus. Le protocole ne pouvait évidemment officialiser, sous peine de froisser. Outre Bougons-Khans, on disait aussi Khans de base, car leur Quartier Général était au pied de la Tour. Moustachu avait ainsi souvent l'occasion de faire causette avec l'un ou l'autre des cadres de ce Parti Bougon et de parler de ses paons.

Plusieurs dirigeants auraient justifié une description plus détaillée. Mais la personnalité dominante était le rassembleur, le tribun du Parti Bougon. C'est de lui que l'on allait parler.

OXYMORON-KHAN.

Que vient faire ici cette figure fleur de la rhétorique, qui avait été gâchée par l'usage excessif qu'en faisaient les habitants d'Haïdénabab ! S'en étaient spécialement engoués ceux qui habitaient des quartiers atteignant des prix inouïs au bit carré.

Arrivées au pouvoir, les Hordes avaient décidé de faire des réformes époustouflantes. Selon les experts, un de leurs projets allait révolutionner l'économie : le système bitique, une fusion élaborée devant s'appliquer aux mesures, poids et monnaies. Pour le moment, on n'en était qu'aux mesures et aux préliminaires. Il était étudié dans un Grand Centre au sud d'Alma-Ata. Non loin du secteur où les historiens situaient l'Ancien Paradis Terrestre, (le Nouveau étant en projet à la ruche que constituait la section Recherche du Parti Hordu). C'était là du pur scientifique. Pour l'inauguration, Gengiv's était venu avec son État-Major. L'atmosphère était empreinte d'une émotion contenue, les visages recueillis. Tous avaient cet indispensable air important et pénétré que le politicu arbore en pareils cas, (et de façon générale, quand il ne gingivalise pas).

Tout cela est émouvant, mais on en était au prix du bit carré dans les beaux quartiers d'Haïdénabab, et spécialement du sixième arrondissement, près du centre. C'était un secteur qui grouillait d'émigrés de la Tribu des Bobos-Kaviarhs. Ils avaient essaimé en masse dans la capitale, car ladite était un véritable éden, une sorte de paradis des Khans, et un fief Hordu.

Cet arrondissement était fréquenté aussi par les membres d'une Tribu aux mœurs mystérieuses. On les appelait Iditors et on leur prêtait le défaut d'être hautains et inabordables. C'étaient peut-être, là encore, calomnies et idées préconçues.

On n'a toujours pas présenté Oxymoron. Il s'agit certes d'un Khan, et de la plus belle espèce, ajoute Gengiv's quand on discute avec lui des sujets d'actualité. Mais c'est heureusement un Khan magnanime et cultivé. Aussi est-il en train d'attendre sereinement qu'on lui explique ce qu'il a à voir avec l'oxymore, et que l'on cesse de digresser.

L'étymologie est une science pouvant être trompeuse. Un seul exemple tout simple : « boucher » ; le nom vient de bouc, mais non le verbe, pas plus que « bouquiner ». De quoi douter.

C'était donc avec humilité et un brin d'inquiétude que le conteur avait imaginé qu'il aurait osé appeler Oxymoron par le téléphone des sables, une poétique invention de djinns, afin de lui soumettre ce qui était considéré comme l'hypothèse la plus vraisemblable pour expliquer les origines de son nom de guerre. Oxymoron aurait répondu avec courtoisie qu'il acceptait d'être ainsi quasiment analysé, et qu'il était tout ouïe.

Le conteur aurait alors expliqué calmement, en prenant des exemples. « Cher Monsieur Oxymoron, aurait-il débuté, car il se serait exprimé de façon polie et traditionnelle. Vous qui êtes souvent dans les lucarnes, et qui devez les regarder au moins autant, vous savez la fréquence d'expressions telles que : un silence assourdissant, une douce violence, etc.

Alors, pour ce qui vous concerne, on pourrait dire que vous êtes le symbole glorieux et éminent de la « Révolution Sénatoriale ». Révolution, parce que vous la prêchez, urbi et orbi, lyriquement et superbement. Sénatoriale, parce que vous avez été, pendant des lustres, un Ititimadoulet (autrefois, on eût dit un « sénateur ») brillamment représentatif, c'est-à-dire futile et jouisseur, volontiers évanescent, bref un parasite, le contraire de ce qu'est un révolutionnaire. Vous êtes donc un oxymoron vivant. D'où ce nom que vous portez si noblement ».

Le conteur aurait alors perçu dans l'écouteur comme une série de barrissements sonores. Il faut être un vrai spécialiste du langage des éléphants pour parvenir avec certitude à percevoir l'intonation exacte, et subséquemment, les états d'âme de tout éléphant qui barrit. Le même conteur aurait réalisé à ce moment précis, mais un peu tard, qu'il aurait dû faire l'effort d'acquérir au moins des rudiments du langage pachydermique, que l'on appelle également proboscidien, pour au moins en comprendre l'essentiel, à défaut des subtiles nuances.

La communication aurait ensuite été brusquement coupée. Le téléphone des sables est à l'image de ses créateurs : des plus fantaisistes. Le conteur aurait donc espéré que l'essentiel de ses explications avait du moins été compris, avant cette coupure. Sans soupçonner un instant que l'on ait pu lui raccrocher au nez ! (à la trompe, en proboscidien). Car le comportement d'Oxymoron était cohérent. N'avait-il pas été pendant des décennies un éléphant confirmé, officiel, et de poids non négligeable, au sein de la Horde. Il était logique que sa première réaction eût ainsi été de barrir. La joie d'avoir enfin une explication à creuser, peut-être, et de porter un nom à la fois aussi noble et aussi plaisant.

La suite n'a plus besoin d'être racontée au conditionnel, plus monotone. L'éléphant avait barri de façon plus émouvante que franchement irritée, et on pouvait imaginer physiquement Oxymoron, tel qu'il avait dû être ensuite, assis sous sa yourte, la tête dans les bras – une figure de style, chez les éléphants, – se remémorant les grandes étapes de sa vie passée.

Sa jeunesse. Les premiers émois. L'adhésion à l'idéal Hordu. Son ascension jusqu'aux niveaux des éléphants les plus grands du troupeau. Et puis, enfin et surtout, ces délicieuses et si longues années de béatitude absolue, au Palais du Luxe-sans-bourses, dans un faste aussi effarant. La sinécure absolue. Rémunération de nabab. Le temps de lire, de se kul-tiver. On l'appelait « Monsieur le Sénateur-Ititimadoulet » en tous endroits branchés de la capitale. Seul regret : avoir raté un poste de Dignitaire. À cause de ce Khan de… Non, il ne le dirait pas… Puis était survenu Damas, et son chemin. La Con-version. Remise en question totale. Une saine virginité retrouvée. Avec de nouvelles amours.

Il avait même été jusqu'à en pincer, une courte période, pour le cheikh Zobrespierh et sa bande de Khans dégénérés qui dans moins de six siècles seraient responsables de centaines de milliers de massacres. Un mystère l'avait troublé : comment pouvait-on plonger dans de tels délires persécuteurs ? Penser que Zobrespierh serait peut-être dans sa prime jeunesse un enfant de chœur plein de pensées délicates, rêvant seulement d'un peu de justice sociale. Avant de basculer dans l'horreur. Lui, en tout cas, n'aurait pu être aussi sanguinaire, après toutes ces années merveilleuses passées au Luxe-sans-bourses. Il se contenterait de porter une cravate de madras rouge, symbolique, et une rose, rouge également, à la boutonnière, ou un œillet, comme les camarades avec qui il avait tant barri. Il hésitait, pour l'œillet, à fragrance entêtante et qui favorise peut-être le rhume des foins.

Il se trouvait quand même un éléphant plutôt gonflé de continuer à barrir, comme il le faisait dans les mee… ça se prononce mi, dans les mitinnggnes donc, devant tous ses fanns dont 99 % auraient une retraite, après toute leur vie de travail, dix fois inférieure à la sienne, rien que pour ce seul sacré Luxe-sans-bourses de Sénat d'Ititimadoulets de ses fesses. Une subite et saine indignation lui faisait tenir un langage hardi… Et même que, s'il arrivait au pouvoir, il commencerait, pour sa première réforme, par le supprimer, ce Palais du Luxe-sans-bourses, na !

Voilà bien les héros modernes ! Ils brûlent ce qu'ils ont adoré, et renoncent à leurs somptueuses retraites…

Il s'arrêta brusquement et éclata de rire. Il savait bien qu'il n'y arriverait pas, au pouvoir. Il pourrait certes s'allier aux Lippus, mais ils ressemblaient trop aux criquets du désert. Ils étaient si peu fiables, avec postes de Dirigeants tenus par des Khanes surtout intéressées par potages, fromages et hochets.

Non ! Il continuerait à haranguer, car il était plutôt bon Harangueur. Excellent même. Et sincère, même si ses anciens amis en doutaient. Ainsi, il continuerait à enquiquiner à bloc Gengiv's et sa bande. Ça, au moins, c'était distrayant. Avec pléthore de Nanarchiards, en plus. Ceux-là, il les avait vraiment en travers du nez. Lui, au moins, s'était fait à la force des pectoraux… Idem pour toutes les Gengiv's-Khanes, ces petites péronnelles snobinardes qui se payaient sa tête en commentant ses anciennes harangues, dans leurs thé-parties à auriculaire vertical, ou même au Grand Babil.

Un seul aurait pu faire le poids, avec lui, mais il restait plutôt à l'écart, dans sa Tribu. Un peu une gueule d'ange, et une excellente élocution. Il passait très bien dans les lucarnes où il s'exprimait de façon claire, et même aristocratique, en racontant qu'il aimait bien son métier de facteur. Il y avait de vrais aristocrates dans le peuple, et d'authentiques familles nobles, pas toujours avec particule, attestées depuis sept ou huit siècles. Inversement, cette particule était souvent un hochet ajouté ou acheté par de nouveaux riches et petits-bourgeois, ces derniers siècles, comme le rappelait l'épigramme de l'Émir Al Molierrh :

> *Je sais un paysan qu'on appelait « Gros-Pierre »,*
> *Qui n'avait pour tout bien que deux lopins de terre,*
> *Y fit faire à l'entour un fossé tout bourbeux*
> *Et de Monsieur de l'Isle prit le nom pompeux.*

Il fallait aussi penser courbe d'audience. Ces scorpions de politico-meddiahs invitaient souvent Oxymoron à leurs lucarnes pour qu'il fasse le spectacle et étaient quand même bien utiles. Au fond ils le détestaient. En même temps ils le craignaient, sachant qu'il pourrait leur river le clou. Ils avaient trouvé le filon. Ils bavardaient à longueur d'année, pour la pubh. Sitôt une iliction passée, ils embrayaient sur la suivante, prévue cinq ans plus tard et dont les habitants des souks se souciaient comme de leurs premières braies. Pendant ce temps, on ne parlait pas des vrais problèmes et Gengiv's appréciait. Avec sa Favorite, qui aurait à se méfier. Car il les connaissait bien, ces éléphants : mœurs, secrets, tromperies. Il avait bonne mémoire.

Non pas qu'eût pu… Tiens ! Kupu, ce n'était pas mal, comme consonance. Cela évoquait la grande mer Pacifique. Le Kupu ! Il y avait aussi le kuru, un mot dans ce genre-là, une maladie survenant quand on avait dévoré le cerveau de ses ennemis, lors de grands banquets de réjouissances, dans les fins de guerre. Encore heureux que Gengiv's et sa bande de Nanards n'eussent pas encore imposé ça ! En tout cas, parole d'Oxymoron, même si l'occasion se présentait, jamais il n'irait goûter la moindre cuillerée du cerveau de Gengiv's ou de quelque de sa bande, même de façon symbolique. De la cervelle d'agneau, oui, plutôt.

Cette odyssée oxymorique avait eu du moins une conséquence positive. Répétés à satiété par les meddiahs, ses épisodes avaient fini par casser l'engouement pour la fine fleur de la rhétorique. Les Bobos-Kaviarhs l'oublièrent aussi vite qu'ils s'en étaient piqués. Les toquades de cette sorte étaient liées à l'envie de singer le style de la Tribu des Iditors. Tout ce beau monde trouverait une suite fashionnable à l'oxymore.

Un autre sujet préoccupait Oxymoron. Il réfléchissait à l'intérêt qu'il aurait à raccourcir son surnom de guerre, avec au moins suppression du « O » initial. Pourquoi ?

Primo, parce que c'était tendance de plutôt raccourcir, et que le court, c'est plus simple pour se présenter.

Deuzio, le préfixe posait problème. Il n'y avait pas besoin d'être Agrégé de Lettres de l'Université de Téhéran pour saisir que Oxy, ou occis, c'étaient deux syllabes homonymes autant qu'homophones, mais heureusement tout de même pas homographes, il n'aurait plus manqué que ça.

« Car voyez-vous, avait-il précisé, dans les combats ou débats, ça peut déstabiliser, alors que l'on fait tout pour éviter d'être occis. Ça pourrait finir par me porter malheur, » avait-il ajouté, avec sourire touchant, de si grand comédien.

Morokhans ! aurait été son cri de guerre, aux héroïques temps anciens des charges contre les « Montjoie ! » des giaours et Croisés barbares, devant leurs kraks de Syrie…

Morokhan ! au singulier cette fois, lui arrivait-il peut-être de rêver encore, à propos de Gengiv's, son ennemi préféré.

Tel était Oxymoron-Khan, cet ex-Ititimadoulet doré, ou Xymoron peut-être parfois, pour lui faire plaisir. On verrait.

TROISIÈME PARTIE

Le dessous des cartes. Les principaux Chefs : la Garde rapprochée de Gengiv's.

Les Sages des souks savent que les origines du politicu, de la politiciennerie, remontent aux ténèbres de la préhistoire. En toutes époques, les populations avaient toujours eu à subir le joug de Dirigeants des genres les plus divers mais motivés par la commune passion du pouvoir, et de tout ce qui va avec. La situation n'avait bien sûr pas changé avec l'Ère Hosakimigi.

Le plus simple, pour décrire cet univers, était de présenter les principaux Chefs Hordus ayant fait allégeance à Gengiv's. Certains étaient au Grand Babil, d'autres non. Ces Hordes se connaissaient et se combattaient depuis longtemps, ainsi que l'attestaient de vieux textes en cette belle écriture coufique utilisée avant le IVe siècle de l'hégire. Les manèges, intrigues et palinodies de leurs Chefs, tous obsédés par le pouvoir, n'avaient jamais cessé, en dépit de leur apparente union temporaire. Ils continuaient à se piéger sournoisement, ce à quoi une majorité croissante du peuple était indifférente. C'étaient néanmoins les faits et gestes de ces Khans que ressassaient à longueur d'année les politico-meddiahs. On ne pouvait décrire tous les acteurs de la pièce. On se limiterait aux plus remarquables.

ENFIN, À LA FOIS UN IDÉAL ET UN BUT PRÉCIS : LA GINGIVALISATION. LA CIVILISATION DU RÂTELIER.

Gengiv's le savait : les affaires de l'Empire n'allaient pas aussi bien qu'elles auraient dû aller, en toute justice. Mais y a-t-il une justice en ce bas monde ? se demandait-il avec perplexité croissante. Les rapports qui s'empilaient allaient dans le même sens. Le moral des fondouks et Bazars était au plus bas. Seul restait au beau fixe celui des Chefs Hordus, qui bénéficiaient de leurs avantages. Sombre perspective, même leurs privilèges seraient bientôt menacés si la situation continuait à se dégrader.

Les experts n'avaient émis que des avis contradictoires. Gengiv's et Viz n'y connaissaient rien, pas plus que le reste du Grand Babil. Ils avaient du moins une excuse : ils étaient guerriers Hordus, et pas économistes, mais assez lucides pour voir qu'on était vraiment dans le crottin de chameau jusqu'au cou, comme on dit grossièrement au Bazar.

Alors tous deux en avaient reparlé longuement. Au fait, comme durant le dernier été sur la mer d'Aral, ils avaient repris leurs séances en commun. C'était beaucoup plus pratique pour pouvoir discuter tranquillement. Grand Viz avait été heureux d'apprendre que Gengiv's s'était mis, lui aussi, à la technique du millefeuille. Il avait vertement tancé son barbier de ne pas avoir donné la recette exacte, en oubliant le concombre sauvage.

Depuis qu'il avait reçu l'appel impérieux d'entrer dans les Hordes, Grand Viz avait un point commun avec les énarques :

la burocratologie. Pas plus qu'eux, il ne savait le prix du kilo de sucre candi, de la baguette moulée, ou d'un ticket de caravane des sables. Pas mieux qu'eux, il n'aurait su expliquer les rouages de ces curiosités appelées entreprises, où l'on doit payer en fin de mois de lourdes charges. Et toujours comme ces énarques, il se demandait comment et pourquoi ces singuliers personnages dénommés entrepreneurs essayaient de gagner des besants, alors qu'il est si simple de se servir d'une planche à billets.

En revanche lui et ses amis savaient tous burocratologiser, ce qui ne pouvait évidemment être le cas de ces vulgaires entrepreneurs sans majuscule. Ce pourquoi il jugeait normal que lui seul soit capable de gérer, avec les énarques Hordus, cette énorme entreprise qu'était l'Empire.

Il faut oublier les certitudes et illusions de Grand Vizir, et le laisser plutôt raconter à Gengiv's ce qu'il avait récemment concocté en ses lobes fronto-viziraux. Cela se passa lors d'une séance de travail, à l'entracte. Gengiv's était en train de préparer son emplâtre. Viz s'était lancé dans ses explications.

« Question économie, nous sommes nuls », avait-il émis sobrement. Gengiv's avait gravement opiné. (On aurait pu dire opiné du millefeuille, ce qui eût constitué une grande première. Mais on est contraint de s'en tenir au très classique « opiner du bonnet ». Primo, parce que c'était vrai : Gengiv's en avait remis un durant l'entracte, afin de ne pas prendre froid. Deuzio, opiner du millefeuille ne serait jamais possible, car tout se casserait la gueule, même avec concombre, qui consolide l'ensemble).

Donc, « nous sommes nuls, mais nous sommes aussi de vaillants guerriers. (Gengiv's avait opiné derechef). Nous devons dynamiser les esprits, enseigner une doctrine efficace, qui supplantera nos lacunes économiques, nous fera aller de l'avant et apprécier partout. Or cette doctrine existe. Il n'est que d'en diffuser l'enseignement. Je suis convaincu de longue date. Le superbe concept de la gingivalisation devrait être davantage appliqué et devenir notre idéologie, notre cheval de bataille ».

Il y avait eu un silence. Puis comme un sanglot étouffé de Gengiv's. Sa religion ! Il avait regardé longuement Grand Viz sans rien dire. Et ils étaient tombés dans les bras l'un de l'autre. La clé de voûte d'une politique ambitieuse !... Dire que des Chefs de Hordes avaient eu l'impudence de venir, récemment encore, mettre en cause les qualités de Grand Vizir, dans le noir dessein de vouloir lui succéder, évidemment. (Et pendant que Gengiv's ainsi raisonnait, Grand Viz faisait de même, se disant qu'il avait bien joué le coup, et que les vils intrigants qui avaient voulu sa peau allaient avoir des maux de tête).

Aussitôt, ils avaient établi les mesures à prendre pour que la doctrine soit bien ancrée, chez les Vizirs, pour commencer. On allait faire, au Grand Babil, des séances de gingivalisation collective, et donner des cours aux Chefs de Hordes œuvrant en dehors. On aurait des résultats excellents. (Dans cet esprit, à la fin des biographies successives, figurera un commentaire sur les qualités des divers intéressés en matière de gingivalisation).

STAR-STAR-KHAN.

Commencer cette galerie de portraits par Star-Star-Khan était sacrifier à la facilité, tant il s'agissait là d'une personnalité d'envergure, aux facettes aussi multiples que celles de Gengiv's.

Mikado-Khan-Shogun, de l'Ère Migi, avait fait sa fortune. En contrepartie, Star-Star (en simplifiant, on disait aussi Star, ou même Star-bis) ne l'avait pas payé d'ingratitude, ce qui est rare en milieu politicu. En sa prime folle jeunesse, il s'était montré des plus valeureux, intrépide mais imprudent. Tous ses ennemis en avaient profité pour accrocher à son dromadaire quelques casseroles. La plus volumineuse avait trait au luxueux camp de yourtes qu'il occupait au cœur de la capitale, encore alors Hémédénabab, sur la fameuse place des Monts Vosgodjar, où le prix du bit carré atteignait des sommets vertigineux.

La puissance du Destin est infinie, tout comme l'avait été celle de Mikado-Shogun en sa mémorable Ère Migi, à l'acmé de sa despotique autorité. Aucun omrah n'avait donc alors tenté d'esquisser la moindre enquête pour expliquer la mystérieuse façon dont ce jeune guerrier, aussi brillant que dépourvu de piastres, avait pu devenir l'heureux propriétaire de yourtes si luxueuses. Il y était parvenu, c'était là l'essentiel.

Il avait dû aussi être très reconnaissant à ses admirateurs et à ses collaborateurs du Ministère de la Kul-tur, géré de main de maître, d'avoir alors organisé une belle collecte qui avait dû bien l'aider. Tout le reste relevait du gossiping le plus indigent assaisonné des calomnies habituelles de chacals repoussants et des rats du désert. De toute façon, précisait-il avec son plaisant sourire un peu carnassier, « il y a maintenant prescription ».

Entre mille autres engouements, il s'était passionné pour le livre, qu'il avait protégé, les antiquités, le patrimoine, et la musique, créant même une Fête en son honneur, qui aurait pu porter son nom. Mais c'était un être sensible, à l'ego discret, qui aurait aimé vivre au-dessus des jalousies autant que des cabales. La Providence, en éparpillant ses dons, les diversifie.

Parmi ses nombreuses qualités, Star-Star-Khan en avait une que jamais ne posséderaient les plus Grands Chefs Hordus.

Pour tout dire, il avait la chance extraordinaire, qui n'est pas donnée à tous les Khans, il avait la superbe fortune d'être doté de ce qui fait rêver tout le monde et peut-être plus encore toutes les houris, de par l'univers des Khans et bien au-delà de ses frontières par définition infinies : il avait un superbe organe.

Il avait pris conscience de ce chef-d'œuvre de la nature dès l'adolescence, sans y croire au début, allant jusqu'à en nier les immenses capacités. On ne peut cacher longtemps pareille merveille. Les maîtres de musique de Samarkand avaient, les premiers, décelé la qualité de cette voix exceptionnelle. Mais ils avaient eu beau faire valoir qu'avec un tel organe, il fallait renoncer à être Khan, pour rentrer dans le khant tout court, dans le bel khanto, Star-Star n'avait rien voulu entendre. La raison était simple : il en refusait l'usage devant qui que ce soit.

Il allait chanter dans le désert voisin de Kyzylkoum. Les Lippus-Khans, qui l'avaient fait espionner, avaient répandu la rumeur que la disparition des gazelles de ce désert semblait liée à ses exploits vocaux. On ne relève pas des propos aussi navrants. S'ils n'avaient plus vu de gazelles, c'est qu'il est dit dans les vieux Textes Sacrés : *Ils ont des yeux et ne voient pas.* Car elles étaient toutes rassemblées en un cercle immobile, écoutant la voix sublime qui dans le désert faisait jusque très loin s'arrêter les caravanes et cesser de blatérer les chameaux.

Très peu nombreux étaient ceux qui étaient au courant de ces aspects secrets de la personnalité de Star-Star. Il est certain qu'après avoir pu le voir, lors de prestations inimaginables, se commettre dans les lucarnes avec des pippeulh force 10, et en parvenant à faire pratiquement jeu égal avec eux, on pouvait se demander s'il s'agissait bien du même individu. Mais ainsi sont les Khans de qualité : si contrastés et toujours imprévisibles.

Ultérieurement, Star-Khan avait fait la connaissance du Grand Émir Al-Oran'Gerrah, ce qui l'avait rendu encore plus populaire. La confiance que lui inspirait Al-Oran était telle que lorsqu'un inopportun flux de gorge le rendait momentanément aphone, il demandait à son cher Émir de le remplacer, tant ils étaient devenus indissociables. Son ami accourait alors et s'exprimait avec la faconde et la profondeur de vues de Star, pour le plaisir et l'édification du peuple des souks et fondouks.

Puis les années avaient passé, au cours desquelles on l'avait chargé de dangereuses missions, et d'aller vaillamment combattre des partis séditieux en diverses Provinces, dans le Centre, puis le Grand Nord, et jusqu'aux Marches de l'Est. Cette dernière bataille, près des Monts Vosgodjar pourtant, avait été fatale à sa carrière politicu. Il n'y avait certes perdu ni la vie ni l'honneur. Mais il avait quitté le champ de bataille couvert de bleus, la tête basse, ainsi que le moral et le reste. (On ne peut imaginer un guerrier quelconque, a fortiori un glorieux Chef de Horde, revenant d'une défaite en situation ithyphallique). Tête basse donc, car il savait qu'il perdait sa place au Grand Babil. Gengiv's, en sa réputée sagesse suprême et sa détermination impitoyable, avait en effet décrété qu'auraient l'honneur d'être au Babil seulement celles et ceux qui seraient vainqueurs.

Mais on ne se prive pas de tels talents. Gengiv's avait de suite perçu les avantages qu'il pourrait retirer des potentialités immenses de Star-bis. Il en avait donc fait son espion préféré dans le monde des meddiahs-lucarnes-micros, un univers où

Star frétillait comme un gardon et dont il connaissait tous les secrets. C'était fort bien vu de la part de Gengiv's, qui savait que son informateur allait notamment fréquenter le milieu spécial des lucarnes-réalités, comme on les appelait, et de pippeulhs talentueux. On n'aurait pu trouver meilleur informateur, dans ce néant de pathétiques vanités, d'ego bouffis assoiffés de besants, et fourmillant de langues de vipères agressives. Star-bis récoltait ainsi plein de renseignements sitôt transmis à Gengiv's.

Celui-ci avait beau bénéficier de ses propres services secrets, il estimait que mieux vaut changer parfois de source quand on veut éviter la touristah du désert. La confiance était une chose, les réalités, une autre. Les experts du renseignement avaient flairé anguille sous roche mais n'avaient encore jamais pensé à Star.

Bref, malgré sa défaite aux Monts Vosgodjar, Star-Star aurait retrouvé la précieuse paix de l'âme et la joie de la sérénité s'il n'avait eu à vivre la plus cruelle expérience. L'âge auquel il était arrivé, sa connaissance de la nature humaine, auraient dû lui permettre de n'en être point affecté. Mais en pareils cas, son naturel sensible de chanteur du désert reprenait le dessus. Il avait donc constaté, depuis sa mise à l'écart du Grand Babil, une blâmable grande insolence chez plein de petits morveux, tout juste sortis d'e-nanarchie, qui se poussaient de la chausse et du col, dans les antichambres et cabinets ministériels. Il en était de même du monde des Khanes, et de cette nouvelle promotion de ces jeunes Viziresses, les Palpitantes, qui affectaient de ne même plus le reconnaître, affairées qu'elles étaient à chercher les puissants protecteurs les mieux en cour, et les plus aptes à accélérer l'ascension de leurs futures brillantes carrières.

Il en avait d'abord conçu quelque tristesse. Puis son esprit agile lui avait vite soufflé l'idée d'une parade efficace. Il avait propagé la rumeur – rien ne se propage plus vite que la rumeur dans le monde politicu – selon laquelle Gengiv's soi-même lui avait demandé d'établir une grande Anthologie des Khans en douze volumes. À commencer par les Grands Chefs de Hordes, de Tribus, de sous-Tribus, etc., jusqu'aux Khans de base les plus insignifiants, à qui alors évidemment il ne consacrerait qu'une seule ligne. Cette Anthologie ferait référence. On pourrait la consulter en tous endroits officiels où les Khans aiment à rôder.

Le résultat avait été immédiat. Il n'était pas un des lieux qu'il fréquentait où il ne croulât sous les salamalecs. Et si pour quelque raison, il avait besoin d'aller au Palais-Boubon, ou à celui du Luxe-sans-bourses, ou bien dans quelque Vizirat, des attroupements se produisaient aussitôt, afin de l'aborder par le salam et le lui rendre, ou de lui proposer de prendre un thé ou un kawa accompagné de toutes sortes de loukoums, que de bonne grâce il acceptait. Car il était gourmand, tout en ayant la chance d'avoir une nature à ne pas grossir.

Telle est, et plus encore dans le monde politicu, la belle nature humaine, dont Star-Star savait les immenses ressources. Il n'avait pas manqué d'informer Gengiv's, qui l'avait félicité, ayant en connaisseur apprécié le stratagème.

Enfin, pour ce qui était de la Gingivalisation, Star-Star était hors concours. Le surdoué de toutes les Hordes Hordues. On pouvait imaginer là une conséquence logique de ses qualités de chanteur. Il avait été dispensé de tout exercice. Il était capable, véritablement, de montrer au-delà de la luette, jusqu'au centre-larynx, au point que l'on aurait pu lui caresser les cordes vocales, affirmait un de ses Maîtres de chant. Un prodige.

Tel était Star-Star-Khan, farouche Chef de Horde de la Garde rapprochée de Gengiv's lui-même.

CÉHESSGÉ-KHAN.

Sans vraiment faire partie des Antiquités, Céhessgé-Khan était membre éminent du Clube des vieux Sages, plus du tout libidineux, dûment patentés pas tentés, qui avaient participé au gouvernement de l'Empire et resteraient associés à son Histoire.

Il était un peu plus âgé que Star-Star. Sans avoir été des adversaires officiels, les deux Khans l'avaient été de façon au moins officieuse et intime, pour une raison simple : dans le respect des lois de la nature, c'est une fatalité pour les Khans politicu que d'agir entre eux comme crabes du détroit d'Ormuz enfermés dans le même panier. Or tous deux avaient servi, à l'Ère Migi, sous la férule du contesté Mikado-Khan. Mais avec parcours radicalement différents.

Céhessgé – la plupart abrégeaient et l'appelaient Céhess – avait connu la gloire, comme Star-Star, mais en le payant cher. Pourtant, il avait été bombardé Grand Vizir, sans que quiconque eût compris la raison de cette promotion. Car le rusé Mikado nourrissait à l'encontre de Céhess une inexpiable haine dont on ignorait la cause et dont, en retour, le jeune énarque récemment adoubé le payait d'un mépris de même cuvée.

Mais, l'ordre hiérarchique ayant été ce qu'il était, Mikado-Shogun lui en avait fait connaître de toutes les couleurs, aidé en cela par la ribambelle de Khans courtisans qui dans le monde politicu vont invariablement du côté du manche. Ce pauvre Céhessgé en avait, comme on dit vulgairement, bavé des ronds de chapeau. Et quand on sait ce que sont les chapeaux kazakhs.

Star-Star avait-il participé à la curée ? Rien n'était moins sûr. Khan à multiples facettes déjà évoquées, il avait peut-être choisi en la circonstance, dans cette panoplie, celle de l'âme pure et innocente. Il avait en effet mené durant toute cette Ère Migi une existence merveilleuse, au simple prix de l'usure de quelques centimètres carrés de muqueuse linguale, dont il est notoire qu'elle repousse très vite. Sa seule vraie souffrance avait été justement de ne pouvoir accéder à cette dignité de Grand Vizir, qu'il eût estimée méritée. Mais il ne pouvait tenir rigueur à Céhess de lui avoir ravi la place. Car le moindre des Khans sait qu'elle est très accaparante. Or Mikado-Khan Suprême n'aurait pour rien au monde accepté de se priver des frissons que lui procurait cette langue à la fois déliée, spirituelle et si râpeuse, qui aurait alors été fâcheusement occupée ailleurs.

Tout cela n'explique en rien les raisons mystérieuses qui avaient valu à Céhessgé-Khan de se voir octroyer cette fonction prestigieuse, et en même temps aussi périlleuse. En effet, à des époques pas encore si reculées, on cimeterrisait gaillardement tous ses titulaires qui n'avaient pas obtenu de résultats probants.

Mikado-Khan avait amèrement regretté l'amollissement constant des mœurs modernes, qui avait mené au déplorable abandon de pratiques si divertissantes. Objectivement, il se serait bien vu refaisant le coup de Salomé, mais sans la danse du ventre, et recevant sur un plateau d'argent la tête de Céhess. Cela, durant un grand banquet que l'on aurait pu qualifier de républicain, en hommage à cette époque de l'Histoire Romaine dont il aimait relire les événements marquants. Cela aurait tout de même été plus classe que les têtes de veau de son successeur.

On peut affirmer sans risque d'erreur que Céhess, en ses fonctions Vizirales, n'aurait jamais, à l'inverse, cautionné un tel scénario à la Salomé-bis, ni pareils raisonnements si primaires. Mais cela ne dit toujours pas pourquoi on l'avait nommé à ce poste… Eh bien, pour une raison très simple, qui était en rapport avec le remarquable mais très sinueux labyrinthe des circonvolutions cérébrales de Mikado-Khan lui-même.

Car la situation était alors la suivante. Le bilan financier de l'Empire était devenu aussi catastrophique que l'actuel de Gengiv's. Non plus, là, à cause d'une crise du négoce mondial, mais d'extravagances financières, à propos desquelles tous n'avaient pas été perdants dans ce beau milieu politicu. On avait jeté l'argent par les fenêtres, ce à quoi s'ajoutaient les dépenses faramineuses de Mikado, toujours égal à lui-même.

Figurait alors un chef de Horde, garanti pure e-nanarchie, Céhessgé donc, censé s'intéresser à l'économie. Il fallait agir. Mikado, qui détestait l'énarchie, avait fait ce raisonnement, que reprendrait quelques siècles plus tard un Florentin du nom de Machiavel. « Je fais Grand Vizir ce Khan de Céhessgé. De deux choses l'une. Ou bien il échoue, comme c'est le plus probable, et il est mort, au moins sur le plan politicu, même si je n'ai pas le plaisir de le faire cimeterriser. Je lui colle l'échec, la dette, le bébé, et tout, sur le dos. Ou bien, par heureux hasard, il réussit et ce sera toujours ça de gagné pour mes somptueuses futures dépenses. Puis, sitôt la situation rétablie, je le vire en le cassant tant que je peux, avec l'aide de tous mes Hordus ».

Programme effectivement suivi à la lettre. Mais c'était le second scénario qui avait prévalu, les problèmes économiques ayant été améliorés tant bien que mal.

Le lecteur n'aura pas manqué de marquer une pause, au passage, pour s'extasier sur cette si émouvante manière dont les Grands Hommes d'État réglant les affaires des Nations guident la marche de leurs peuples vers un avenir toujours meilleur. Cette estimable délicatesse à vouloir y associer de touchantes attentions personnelles, cette élévation de la pensée, alors que l'on supporte sur ses épaules une partie du poids du monde ! Bel exemple édifiant de la noblesse de l'élite du monde politicu.

Pour revenir à Céhess, il avait pu s'en tirer en évitant les chausse-trapes les plus pernicieuses de Mikado. Il jouissait quand même aussi, à vie, d'une carriolh avec esclave, comme il est de règle chez tout ancien Grand Vizir, et d'une tripotée d'avantages divers sur lesquels on aura l'élégance de ne pas s'étendre. Cela aurait été sur l'insistance des contribuables reconnaissants que ces avantages ahurissants accordés aux ex-Grands Vizirs étaient régulièrement reconduits. C'était là pure légende. Gengiv's avait, disait-on, enfin décidé d'abolir ces privilèges dignes des époques les plus reculées. Il était à espérer qu'il n'y aurait pas, cette fois, légende, mais réalité.

On ne sait toujours pas de quelle manière Céhessgé avait réussi à améliorer la situation économique, en réduisant le déficit, tout en le refilant aux successeurs. C'était par un artifice étonnamment simple, sur lequel on ne s'étendra pas longtemps.

Chacun peut comprendre que lorsqu'on manque un peu d'argent, on s'arrange pour en trouver ; dans un bas de laine, chez des parents, un ami, un usurier du souk, bref en essayant d'en glaner quelque part. Céhess avait appliqué ce vieux principe, en décidant de gratter un peu sur tous les Khans de l'Empire, petits, moyens et gros. Depuis des millénaires, les dirigeants de tous Royaumes, Empires et États de la planète avaient fait de même. On appelait ça des impôts. Céhessgé, à son tour, avait fait fort, avec un impôt tout simple, aussi khan que les autres, un peu plus global, un peu plus généralisé.

Comme il avait fait l'é-na, et de longues études avant, pendant et après, puis pratiqué la burocratologie dans toutes ses variétés, les Grands Experts en Économie, sommés par les meddiahs de donner un avis, s'étaient consultés et avaient prudemment décidé d'un commun accord de confirmer que la réforme était géniale. Leurs descendants, comme tous ceux des meddiahs-lucarnes-micros, n'avaient fait ensuite que répéter de même, n'eût été que pour ne pas passer pour des Khans.

Céhess en était d'abord resté ébahi. Lui qui, dans les débuts, rasait les murs et refusait de parler de sa réforme, était convaincu qu'il vivait un gigantesque complot-canular monté par Mikado, et que tout allait vite exploser. Mais pas du tout ! Sa réforme était unanimement jugée lumineuse, sublime, d'une admirable simplicité et d'une efficacité non moindre, (malgré ses grandissimes khanneries, notamment pour tout ce qui était du déductible ou non). Non contents d'approuver, les experts, en extase, commentaient, épiloguaient, glosaient, gloussaient, allant jusqu'à s'approprier des parcelles, et au grand jamais sans ratiociner ni critiquer. Mikado lui-même avait cru devoir se fendre d'un compliment qui l'avait envoyé au lit avec un ictère.

Ce pseudo-économiste, aussi Khan que les autres Chefs Hordus, n'était pas sot pour autant. Il aurait été même un des plus lucides de la bande, avec un sens de l'humour affirmé. Il s'était adapté à cette nouvelle situation, en se coulant avec jouissance dans ce rôle de Grand Expert Financier.

Mais si on avait la chance de faire partie de ses intimes, – il n'allait pas déballer le sujet sur la place publique – on pouvait être assuré de passer sous sa yourte une hilarante fin de dîner, en l'écoutant raconter ses aventures économico-picaresques, auxquelles il ajoutait d'autres anecdotes, en grand comédien qu'il était, (du niveau de Star). « Comme quoi, concluait-il, en notre société moutonnière, on peut vite atteindre les sommets ».

Cela étant, il avait été marqué par cette difficile période et par le comportement de Mikado. Il y avait gagné le nom d'Amer-Khan, aussi employé que celui de Céhessgé. Ses succès inattendus sur le plan économique l'ayant fait prendre pour un Khan aux vues lointaines, il s'était appliqué à consolider cette réputation. Il avait ainsi choisi de se poser en expert du monde gréco-latin. Il connaissait les détails de la vie et des doctrines des grands penseurs de cette prestigieuse époque. Pour que cela soit su, il avait feint de vouloir cultiver à cet égard le plus grand secret. Mais les Chefs de Hordes avaient vite été informés.

S'était alors produit un phénomène inouï. Qui aurait imaginé que ces guerriers brutaux eussent été capables de cultiver une sorte de jardin secret où l'élégance pouvait côtoyer l'innocence candide ? À la manière dont une planète dite éteinte entretient en son centre un noyau incandescent. Impressionnés par ce saisissant concept de Khan aux vues lointaines, les Chefs Hordus s'étaient du coup mis d'accord : on respecterait ce titre, attaché, en quelque sorte, à la renommée d'Amer. Contée à leurs Favorites, l'histoire avait été connue immédiatement de tout l'Empire. Céhess avait ainsi cette douce joie de vivre avec la certitude d'être perçu comme un Khan à vues lointaines.

Avec sa délicate perception des choses et son sens aigu de la grandeur, Gengiv's avait aussitôt jugé très performante cette idée géniale, tellement gingivale. Il avait donc entrepris de concocter un dahir, qui ajouterait à tous ses propres titres déjà nombreux celui de Khan Suprême aux vues lointaines. Mais il s'était alors heurté – événement qui eût semblé auparavant inimaginable – à l'opposition de toute la Horde, unie à titre si exceptionnel dans le désir de laisser à Amer-Khan l'exclusivité de ce beau titre. Gengiv's n'avait pas décoléré de huit jours.

Puis les années avaient passé. Céhess-Amer s'était plutôt arrondi, gardant un goût immodéré pour les baklavas. Mais il restait en forme, avec l'œil pétillant. Il était un des conseillers économiques de Gengiv's et Grand Viz. La pétulance de son regard s'était accentuée quand il leur avait recommandé sa célèbre méthode. Ses interlocuteurs y pensaient mais avaient juré de ne pas l'employer, à l'époque où ils guerroyaient contre le précédent régime. Ils allaient devoir respecter un délai minimal avant de trahir leurs engagements.

Ils avaient entrepris Céhessgé, en retour, sur leur doctrine gingivo-économique. Il avait feint de paraître aussi admiratif qu'intéressé et s'était inscrit aux Cours pour ceux qui n'allaient pas au Grand Babil. Il se sentait en réalité peu concerné, ayant toujours gingivalisé de la façon la plus naturelle et affable.

Tel était Céhessgé-Amer-Khan, farouche Chef de Horde de la Garde rapprochée de Gengiv's lui-même.

JOYEUX-AGRI-KHAN.

De nouveaux jeunes Vizirs assistaient au Grand Babil, dont une majorité de Khanes, avec les récentes règles de quotas. L'âme sensible de Joyeux-Agri-Khan avait été heurtée par ce dernier terme, appliqué à des humains. On l'employait beaucoup, de façon plus normale, au Vizirat dont il avait la charge, où il était question de stocks ou quotas de dattes, de figues, de viande de yack du Tibet, de chamelles de Kirghizie…

Très peu des nouvelles têtes venues rajeunir le Grand Babil s'étaient jusque-là fait valoir au point d'entrer dans la Garde rapprochée. Tous les conteurs et humoristes le regrettaient, tel le spirituel Émir El-Philh-Hipp Bhouvarrh et sa fidèle petite Horde, de même que les Magiciens de l'Imitation, au nombre desquels, outre l'Émir Al-Oran Gerrah déjà évoqué, l'Émir Nikol-Al Kantelouh, ou l'Émir Ibn'Yvh Leu-Kok, de la Tribu des Gui-Nhiols, et d'autres encore. Il semblait se dessiner quelques promesses, mais loin encore des vedettes antérieures. Joyeux-Agri avait percé d'emblée. Non qu'il y ait eu de fait d'armes à son actif. Il était simplement détendu et semblait incarner la joie de vivre. D'où son surnom, rappelant son Ministère, et le trait dominant de son caractère. Car il semblait heureux et aurait déridé la Horde la plus riche en guerriers faisant dans le sombre, l'ultra-bilieux ou l'atrabilaire. Il y avait donc peu à dire sur lui. Pour cette simple raison : les Khans heureux n'ont pas d'histoire.

Il n'en était pas de même pour ce Vizirat qu'il venait de prendre en charge. Joyeux avait récemment vu sur son bureau un énorme dossier consacré aux Zojaih-Hemh (invariable). Il ne connaissait pas. Puis il s'était rappelé qu'effectivement on lui avait parlé de cette entité mystérieuse peu après son arrivée. Il n'avait rien compris des explications de son interlocutrice, mais celle-ci lui avait semblé si exaltée qu'il lui avait aimablement suggéré de prendre un congé-maladie d'au moins dix jours. Il avait ensuite oublié le sujet, jusqu'à réception de ce dossier.

Il en aurait volontiers pris connaissance, en parcourant au moins la conclusion, s'il ne s'était aperçu que tout était rédigé en énarchiant, qu'il ne comprenait pas. On cherchait donc un bon traducteur. Or les e-nanarques ne se bousculaient pas autant à l'Agriculture qu'en certains Ministères.

Un autre sujet de tracas risquait de le rendre moins joyeux. Car ses Services s'occupaient de secteurs gérés aussi par d'autres Vizirats. D'où risques d'interférences. Un incident venait de se produire, constituant une première alerte.

L'affaire avait eu lieu un bel après-midi. Joyeux émergeait d'un kief bienfaisant qui devait être suivi de l'inauguration d'un Salon agricole consacré à l'étude comparée de la truffe et de la morille. Programme somptueux. La vie était belle. Il s'apprêtait à quitter son bureau quand y était entrée avec fracas une houri – très consommable, selon le langage imagé de l'agriculture moderne, spécialement de sa branche dite agroalimentaire.

À l'évidence, sa visiteuse ne semblait pas animée des meilleures intentions, et pas du tout de celle d'être consommée, au moins dans l'immédiat. Elle lui avait surtout d'emblée paru trois fois plus exaltée que cette militante spécialisée dans les explications complexes sur les Zojaih-Hemh, déjà évoquée.

Joyeux-Agri-Khan était un homme sain, qui ne s'était pas dépravé en milieu Haïdénababien, ayant sagement préféré gérer en sa belle Province. Il connaissait peu le monde politicu et n'avait pas identifié la visiteuse exaltée. Il lui avait donc d'abord demandé de se présenter. Ce qui eut l'effet de la désarçonner. Fréquentant assidûment lucarnes et pippeuhls, elle s'attendait à une reconnaissance visuelle immédiate, plus encore chez un collègue. Décontenancée et subitement calmée, elle se laissa choir sur un pouf opportunément placé là où il fallait.

La conversation put alors s'engager, après les salamalecs d'usage, une fois les présentations faites. Joyeux s'était excusé :

en effet, aurait-il dû la reconnaître, puisqu'ils assistaient tous deux au Grand Babil ; mais il y avait tant de Vizirs qu'il faudrait bien cinq ans pour qu'ils se connaissent tous ; il l'avait entendue aussi, car elle intervenait assez souvent, mais il n'avait rien compris de ce qu'elle disait, parce qu'il était placé trop loin, encadré en plus par deux jeunes collègues charmantes, mais dissipées, qui n'arrêtaient pas de raconter des histoires drôles.

En l'écoutant, Hélédéjà-Omur, car c'était elle, l'avait alors scruté, l'œil fixe, un peu torve, et peut-être même hébété. Elle semblait non plus déconcertée, mais ici, plutôt désemparée. Après longue inspiration profonde, puis expiration du même type, elle avait paru reprendre ses esprits. L'exaltation allait devenir mélopée dolente, que Joyeux appréciait tout aussi peu.

Elle avait attaqué bille en tête.

Et *que* c'était tragique qu'elle soit obligée de se déplacer ainsi, Viziresse du Logement, pour s'occuper de toutes sortes d'affaires, mais *que* d'un autre côté elle était si mal secondée qu'il valait mieux qu'elle règle tout elle-même, et *que* c'était vraiment extravagant qu'elle se retrouve là, au lieu d'être de l'autre côté du bureau, dans le fauteuil que Joyeux occupait, car c'est ce Ministère qu'elle aurait dû avoir, à défaut de celui de l'Environnement qu'assurément elle aurait mérité bien plus que la Khane qui se l'était vu octroyer, et *que* si elle avait eu l'Agriculture elle aurait pu du moins en faire baver à tous ces agriculteurs et chasseurs de ses babouches et du reste, et *qu*'elle aurait vengé la Horde Lippue des couleuvres que ces mêmes agriculteurs et chasseurs leur avaient fait avaler, à ses vaillants mais malheureux Zhécolohs, et *que* ce n'était pas le tout, *qu*'elle n'avait pas de temps à perdre mais voulait régler au plus vite avec lui cette sombre histoire du plateau d'Oust-Ourt où les moutons étaient venus brouter les plantations que ses équipes avaient réussi à faire pousser sur ces terres ingrates. (Ouf !)

« Vous comprenez, avait-elle continué, sur un ton plus calme, nos essais ont confirmé que nous pourrons avoir des résultats splendides, entre le Syr-Daria et l'Amou-Daria, quand nous allons démarrer en grand ces plantations de pavot, de chanvre et de khat. Ça rapportera cent fois plus que le coton. Avec cet argent on fera des logements bio, et on n'en sera plus à ce fameux 3 %, dont on nous bassine et que l'on ne parvient même pas à atteindre, mais à 0 %, ou mieux encore. En fait, ces 3 %, c'est du n'importe quoi. Un chiffre balancé au hasard par les nanarques qui l'ont proposé au Grand Khan Mikado il y a trente ans. Cela aurait pu aussi bien être du 2 ou du 10 %.

Pour en revenir à notre petite affaire, il faut terminer nos essais. Alors, finis donc ces broutages ! Faites-nous dare-dare un décret, un dahir, autorisant l'abattage des moutons venant saccager nos plantations. J'en prends la responsabilité. Pour les loups, je n'aurais pas été d'accord. J'expliquerai aux camarades et aux militants. Mais pour les moutons, si ! Ils broutent le chanvre et le pavot. Les loups, non. Par contre, ceux-ci mangent les moutons. Alors, certes, on aurait pu procéder autrement… Un temps de réflexion… Mais cela aurait été moins efficace. Non ! Le mieux, c'est vraiment de sortir un dahir en vitesse.

N'oubliez pas que c'est une opération ultra-secrète, qui a été dénommée « Syr-Amou-Mou » par Gengiv's lui-même, et sous la responsabilité directe de Grand Vizir. Secret Défense. Secret Agriculture. Secret Khat ».

Elle avait pris congé rapidement, déclinant l'offre d'un kawa, et était repartie à bride abattue.

Le lendemain de cette entrevue, qu'il n'oublierait pas de sitôt, Joyeux-Agri-Khan avait reçu la visite d'un éminent Khan-Lippu, spécialiste des Zojaih-Hemh. Ça tombait bien. Il avait ainsi pu tout expliquer à Joyeux, qui avait été très intéressé. C'était un heureux Khan, à sa façon, lui aussi, urbain, quoique très attaché à sa campagne, cultivé et d'esprit curieux, parlant des langues barbares, dont celle des Angles. Il avait beaucoup guerroyé, élevé du mouton mythologique au plateau du Larh-Zak, près des Monts de Parthie. Puis il y avait eu des guerres à nouveau, un peu partout, toujours contre les Zojaih-Hemh.

Bref, en cas d'éléments nouveaux sur le sujet, tous deux s'étaient promis de s'informer mutuellement et d'être vigilants.

Sans entrer dans les détails, et tout en respectant le secret Défense et ses filiales, Joyeux l'avait ensuite interrogé sur cette dynamique dirigeante Zhécoloh devenue Viziresse du Logement. Son interlocuteur avait eu un sourire rêveur.

« Ah ! On peut dire qu'on a de sacrées artistes. Des Divas. Passionnées. Et encore ! Vous n'avez pas connu une de ses aînées qui, une fois, dans la steppe, avait failli se faire violenter dans un champ de luzerne par des bergers enragés. Il avait fallu plusieurs escouades de Gardes impériaux pour la tirer de là ».

Son visage devenait de plus en plus rêveur. « Elles sont parfois vraiment exaltées, comme vous avez dit tout à l'heure. Un exemple : cette opération tant meddiahisée, à la suite de déforestations massives récentes. Elles n'ont pas toujours le sens de la nuance. Si vous saviez certains des slogans qui ont été proposés ! Je garde ça pour moi. Oubliez !... Enfin ! Comme dit le Bazar, il faudra faire avec, être diplomate et très patient... Je vous souhaite bien du plaisir. Car, avec certaines Viziresses, de l'Environnement et du Logement notamment, vous risquez de vous retrouver dans des positions difficiles ».

Joyeux était perplexe. Pour la première fois de sa vie, il aurait eu tendance à laisser le doute l'envahir. Mais il s'était vite repris, se disant que tout finirait par s'arranger.

Quant à la gingivalité, elle avait toujours été chez lui très spontanée, mais peut-être de manière un peu trop débridée. En gestionnaire avisé, il avait donc entrepris d'y mettre bon ordre et était un des meilleurs élèves au Grand Babil, tout en restant un peu dissipé, tant les exercices lui semblaient faciles.

Tel était Joyeux-Agri-Khan, farouche Chef de Horde de la Garde rapprochée de Gengiv's lui-même.

LES KHANS TRILOBITES : ANTIQUUS, TONDUK ET GRISBI-KHANS.

Trilobites : *Arthropodes marins fossiles de l'époque primaire, dont le tégument dorsal est divisé en trois lobes.* Rien, dans cette définition du dictionnaire, qui eût pu faire penser aux trois nobles Khans dont il va être question. Devant ce mystère sémantique, une explication d'une ingénuité puérile avait été suggérée. Ces Khans ayant en commun une calvitie lunaire, on pouvait ainsi mieux imaginer ces lobes cérébraux n'étant plus couverts que par la seule calotte osseuse crânienne : frontal, pariétal et occipital, d'avant en arrière. Trois lobes. D'où cette appellation. Logique, mais pas khanvaincant. En pratique, nos héros ne resteraient pas moins dans l'Histoire unis sous ce nom de Trilobites, qui plus est, tous trois e-narques.

ANTIQUUS-KHAN.

Antiquus-Khan était le plus titré des trois. Il avait en effet été Grand Vizir sous le règne de Mikado-Shogun, de l'Ère Migi. Il avait alors été beaucoup mieux traité que Céhessgé-Khan, mais gardait néanmoins de cette déjà lointaine époque des souvenirs ambigus. On avait attaché à la queue de son chameau, comme pour Star-Star, quelques casseroles qu'il aurait préféré éviter. Il devait oublier cela, mais parfois se disait que le Char de la Fortune aurait pu rouler encore mieux qu'il ne l'avait fait.

Il aurait, sinon, très bien pu être lui-même, plus tôt encore, à la place du Grand Khan qui pontifiait maintenant… Il avait suivi ses premiers pas avec un amusement gourmand, soigneusement dissimulé. Car il était quand même revenu dans la course, au poste envié de Vizir des Affaires Étrangères. Ça tombait bien : il adorait voyager.

Son nom de guerre n'avait rien de commun avec les Khans Antiques, comme on les présentait. Non. C'était plutôt un hommage à la maîtrise notoire d'une excellente culture classique et à celle, peut-être moins connue, des circuits et mystères de l'Art, du Patrimoine, de Lih-Essef, des Antiquités en général. Spécialités dont Star était lui aussi fin connaisseur.

De par son glorieux passé, Antiquus était à cheval sur le protocole et gardait pour le cérémonial des faveurs qui dataient de cette Ère Migi où il avait été un si jeune et si brillant Grand Vizir. Avant même cela, il avait eu l'honneur d'assister au Grand Desterham, à moins que ce ne fût au Divan, il ne se souvenait plus, à une grande cérémonie, au milieu des Omras, Pachas, Cadis, Vizirs du banc, des Grands Eunuques enturbannés, des Émirs, Effendis, Mamamouchis venus de tout l'Empire, avec donc le ban et l'arrière-ban des Khans.

Il n'oublierait jamais la majesté du lieu, et cette colère extraordinaire de Mikado-Shogun, irrité par tous ces Khans qui lui obéissaient mal, irrité par ses Vizirs, irrité surtout par ces sondages – déjà à l'époque – qui ne lui renvoyaient pas l'image que les experts et cartomanciens réunis en Congrès lui avaient pourtant assuré être celle que se faisaient de lui ses sujets.

C'est, semble-t-il, à cette occasion qu'avait été énoncé cet apophtegme, devenu célèbre, selon lequel Mikado en sa colère avait déconseillé à tous les Khans présents d'essayer de jouer au plus khan avec lui. Car, avait-il averti, il était sûr de gagner. Le hasard voulait que cette scène se soit récemment reproduite, en termes voisins, mais avec moins de témoins, lors d'un Conseil restreint où Gengiv's s'était montré d'humeur massacrante, ce qui était chez lui inhabituel. Antiquus avait intérieurement souri en repensant à ce souvenir de jeunesse, resté ancré en sa mémoire. *Bis repetita*... s'était-il murmuré à l'oreille.

Antiquus-Khan affichait une élégance discrète et de bon ton. Il n'était pas indifférent, en retour, à l'impression des plus positives que ne manquaient pas d'éprouver à son égard nombre de houris. Il avait toujours aimé, aussi, le décorum, les habits somptueux des grandes cérémonies. Pour lui, Gengiv's et Grand Viz avaient à ce sujet de gros progrès à faire, le premier surtout.

Pour améliorer sa prestance dans les défilés et autres manifestations, il avait activement pratiqué équitation aussi bien que chamellitation, en ayant particulièrement bien assimilé ce dernier mode de locomotion. Il avait ainsi acquis une allure superbe, qui transcendait la démarche générale des camélidés pour se rapprocher de l'élégante désinvolture de l'autruche. Avec un subtil mouvement alternatif d'avancée puis de souple retrait sans le moindre à-coup, le visage hiératique, le regard lointain, le buste droit, et avec cet automatisme dans l'amorti du bassin venant contrer le lent balancement du chameau.

Son mérite était d'autant plus grand qu'il mettait un point d'honneur à continuer de chameaucher une antique monture de collection, plus capricieuse que vraiment fougueuse, et à deux bosses, (ma deudeuch, précisait-il à tout venant), alors que la plupart de ses collègues locomotionnaient avec des montures plus confortables. Ses adversaires – il en avait, qui n'en a pas en cette basse vallée de larmes ? tous des chacals enfiévrés – prétendaient qu'il n'usait de la deudeuch qu'au moment d'arriver dans les souks de sa Cité, pour faire le modeste. En ayant laissé dans les faubourgs l'équipage étincelant d'ancien Grand Vizir avec lequel il avait fait le déplacement… C'étaient là, une fois de plus, mensonges éhontés et bave de crapaud gâteux.

Faire montre de prestance entre les deux bosses d'une fougueuse chamelle n'est pas à la portée de tous les Khans. Ce nonchalant déhanchement, témoin d'une technique consommée, expliquait la haute faveur de toute la gent féminine, ainsi que cette atmosphère d'exaltation contenue, et d'attente troublée, que provoquait l'apparition d'Antiquus dans un défilé.

Peu de houris, en définitive, eussent résisté à une attaque en règle, ou même esquissé la moindre apparence d'opposition à la plus anodine de ses prémices. Cette situation préoccupait les services de sécurité des Hordes, toutes tendances confondues, qui craignaient qu'une ambiance si torride ne fût portée à un incontrôlable paroxysme, lors des chaleurs estivales.

Mais tout cela n'était que purs fantasmes. Car, question houris, au terme d'une jeunesse dont certains laissaient entendre que certes, elle avait pu être tumultueuse, Antiquus s'était rangé, donnant presque dans l'ascèse. Il pratiquait toujours la danse de salon avec assiduité, mais seulement comme un bon exercice physique, non comme un moyen. Ni les charmes, ni les appâts des plus nobles sultanes, dont il était pourtant l'idole, ne l'eussent conduit à de plus hautes félicités. Il veillait à ne point user de son pouvoir de séduction.

Il avait d'autres loisirs et gardé un entrain d'étudiant, avec ses complices Tonduk et Grisbi-Khans, Vizirs du Travail et des Finances, avec qui il formait un trio de bons vivants, amateur de canulars et joyeuses soirées, ce qui rendait Gengiv's des plus envieux : de par ses fonctions, celui-ci ne pouvait plus faire la fête comme au bon vieux temps.

Antiquus avait aussi une passion qui lui était venue après une succession de hasards. Nombreux étaient les possesseurs d'un animal de compagnie. Il s'était, quant à lui, pris d'intérêt pour les lézards, dont il collectionnait des spécimens de diverses espèces. De plus, un Grand Marabout Africain lui avait fait don d'un bébé crocodile, du nom d'Archi-Kro-Ko, dit Archi-Ko ou Kro-Ko. Soucieux de la sécurité de ses lézards, Antiquus l'avait d'abord considéré avec défiance et perçu à court terme dans une perspective plutôt mocassins ou babouches. Au fil des mois, ses craintes avaient disparu, une parfaite entente régnant entre ses pensionnaires, qui disposaient de yourtes séparées.

Après des projets initiaux aussi malintentionnés, Antiquus s'était en fait pris d'affection pour Archi, au point de donner des biberons à l'huile de foie de morue avec tétine renforcée en tôle émaillée, car les bébés crocos mordent dès la naissance. Kro-Ko avait grandi, se confirmant hélas rétif à toute suggestion de dialogue interculturel, condamné qu'il était, par une constante de sa race, à garder un cerveau plus petit qu'une noix de muscade de Zanzibar. Ainsi le corps s'était épanoui et développé en grâce, sans que l'esprit suive en sagesse. Au contraire des aras ou jacos, par exemple, que l'on appelle aussi Coco(s), un surnom voisin, et qui sont plus doués que les crocos, car apprenant même à parler. Mais aussi à dire n'importe quoi, comme les politiciens.

Gengiv's connaissait très bien Archi-Ko, qui lui avait été présenté il y avait longtemps déjà, et dont la denture le fascinait. Il avait lu que les crocodiles règlent leurs problèmes buccaux en gingivalisant à tout va pour laisser des oiseaux à long bec leur picorer l'entre-dent. Cela rendait rêveur, mais était très pragmatique, eu égard aux difficultés évidentes à user de fil dentaire, plus encore sur un chantier d'une telle importance. Bref, Kro-Ko l'éblouissait, par son potentiel gingivalisateur.

À son avènement, Gengiv's avait donc fait installer un grand bassin à crocodiles au Palais Élyséen. Avec l'instauration de la Civilisation Râtelière, le symbole était merveilleux. Des courtisans avaient même proposé d'intégrer un crocodile à son impérial étendard, en vert-Lippu, une rose rose entre les dents. « Mais sur le plan moral, estimait Gengiv's, toujours objectif, ça ne tenait pas la piste. Le croco moyen est trop enclin à nager en eaux troubles ». Sans parler des larmes. Côté râtelier, le symbole était certes intéressant ; mais côté tartuferie quant aux dites larmes, ou bien question respectabilité des consorts, ce n'était malheureusement pas le symbole idéal pour réformer la société.

Kro-Ko avait en tout cas contribué à rapprocher Antiquus et Gengiv's, que des différends anciens avaient un peu séparés. Expérimenté, Antiquus était un as en matière de dialectique. Avec des airs rusés, Gengiv's avait essayé de jouer au plus malin avec lui. Grand joueur de mah-jong, Antiquus l'avait mystifié et l'aurait davantage roulé dans la farine si son sens de la prudence ne l'avait incité à ne pas pousser le bouchon trop loin, Gengiv's ayant la susceptibilité et la décollation faciles. Mais Antiquus était de ceux qui lui faisaient perdre son latin. Lequel, il est vrai, n'avait jamais été brillant.

Enfin, quant à la gingivalité, Antiquus, sans figurer parmi les têtes de classe, obtenait des résultats honorables. En faisant toutefois dans le sourire diplomatique, donc souvent ambigu. Gengiv's et Grand Viz auraient préféré plus d'émail, de râtelier. Mais, à l'arrière-plan, Archi-Kro-Ko compensait amplement.

Tel était Antiquus, dynamique Trilobite et farouche Chef de Horde de la Garde rapprochée de Gengiv's lui-même.

TONDUK-KHAN.

Tonduk-Khan portait bien son nom de guerre. Depuis des lustres, plus un seul cheveu n'avait eu l'outrecuidance de pointer, fût-ce d'un seul millimètre, sur la voûte d'un crâne qui était quasiment l'allégorie mythique de tout l'Empire, la symbolisation des victoires innombrables du Grand Ancêtre Attila sur les Barbares de l'Occident. Partout où Attila passait, plus rien ne repoussait. Pour les guerriers de la Horde de Tonduk, ce crâne superbe, c'était un emblème, un blason, un point de ralliement autant qu'une oriflamme, dans les mêlées confuses, au point que son auguste et heureux propriétaire avait refusé le port du heaume et du casque à ailettes, qui sans la garantir à 100 % assuraient pourtant une protection certaine. Tonduk était le premier à s'enorgueillir de la renommée de son noble chef. Au contraire de beaucoup, il n'avait éprouvé de contrariété au début de l'inexorable éclaircissement. Il avait rejeté les propositions intéressées de barbiers concupiscents venus lui parler de greffe caraculienne. Il estimait avec sagesse que tel était son karma et que tout allait bien comme ça.

Il en avait discuté avec ses collègues marchant sur ses traces. Ils avaient la même philosophie. Il s'était lié d'amitié avec deux d'entre eux, formant ce trio Trilobite aimant faire la fête.

Mais ils ne faisaient pas que cela. Ils avaient aussi des discussions très sérieuses, et des réunions de travail en petit comité. Justement, Tonduk venait d'en organiser une au sujet d'une affaire qui le laissait perplexe.

Cela avait commencé par une longue méditation de sa part sur la mission dont on l'avait chargé, sur la meilleure façon de gérer ce Vizirat du Travail que Gengiv's et Grand Viz lui avaient confié. Il aurait préféré plus distrayant. Mais il n'était pas contrariant. Il avait donc accepté, sans trop renâcler, pour rendre service à Gengiv's qu'il connaissait depuis longtemps.

Objectivement, la question travail n'était pas sa tasse de thé. Ce n'était pas non plus un sujet de conversation surexcitant, ni le problème le plus facile à régler, dans cet Empire où le Parti Hordu avait quand même créé un sacré bordel, pour parler comme une hétaïre. En répétant que ce travail n'était pas la santé, slogan repris à sa façon par le brillant regretté Grand Cheikh Abd El'Janh Yannh. Pis encore, les néo-Hordus avaient enfoncé le clou, en décrétant de ne pas dépasser 35 heures par mois, y inclus les arrêts-kawa-taback-etc., sans parler des Zeur-Dinah-Teurhs, un jeu très chronophage, venu de Chine et de l'Archipel Nippon, et qui faisait fureur.

Comment donc réconcilier travail et Hordes Hordues, tel avait paru à Tonduk-Khan le problème existentiel des décennies prochaines. Il s'était entretenu dans ce sens avec son collègue Vizir de l'Éducation Impériale. Pas n'importe lequel de ces nouveaux promus, en charge de secteurs à intitulés mystérieux Il s'agissait du Vizir Chef qui, soit dit en passant, irritait un peu Gengiv's et Grand Viz, en prenant la pose et en faisant l'intéressant avec les meddiahs. Éduk-Khan, s'appelait-il.

Eh bien, cet Éduk-Khan avait écouté le récit de ces réelles angoisses avec beaucoup d'attention et de disponibilité. Après un moment de réflexion, il avait déclaré qu'il entrevoyait une solution. « Les Khans ont besoin de motivation, d'idéal, avait-il proféré. Pourquoi dans ce cas ne pas s'appuyer sur une étude de texte, par exemple, qui serait un stimulus dynamisant. C'est ce que confirmeraient les excellents nombreux Conseillers à plein-temps, et à vie, que j'ai la chance d'avoir au Ministère.

Je me propose donc de vous envoyer un texte, très concis, sélectionné à la demande de ces Conseillers, pour ces situations où il faut dy-na-mi-ser. Il est très clair et expose bien ce qu'il y a lieu d'exposer. L'astuce serait de le faire lire par chacun, à la première heure de travail en début de semaine ». Il s'animait, au fur et à mesure de son plaidoyer. « Vous verrez. On y retrouve un zeste de Tristes Moustiques, qui a eu le succès que l'on sait. Je vous en fais adresser une copie ».

Le texte était arrivé en courrier express le surlendemain.

Dire que Tonduk ne s'était pas rué sur l'enveloppe, sitôt arrivée, pour en extraire ce texte et lire au plus vite la solution magique de son problème, serait mentir.

Mais dire qu'après analyse attentive, il ait trépigné de joie en criant Eurêka ou quelque chose du genre, serait un mensonge encore plus énorme.

Pour résumer, il s'était liquéfié à la première lecture et ne s'en remettait pas.

D'abord, tout était écrit en zorbonnard. Il y avait, de-ci de-là, seulement quelques tournures d'énarchiant. Il y avait pire. Bien pire… Il avait perçu que c'était, comment dire ? comme un changement de civilisation. Les choses avaient-elles évolué si vite en trente ans ? Il s'était soudain trouvé anéanti. Il n'avait eu de cesse d'informer ses compères qui accoururent le soir même. Et réagirent comme lui. C'était l'évidence : on était devant ce texte comme en cette Chine de l'époque T'ang où seule une minorité infime de lettrés se délectait, et où le peuple regardait.

Certainement son auteur serait bientôt prix Gong Court. Et jamais plus on n'écrirait comme avant. Mais tous trois étaient d'accord : il leur paraissait difficile d'imposer pareille lecture matinale à ceux qui commencent leur semaine de travail, en vue de les dynamiser et mieux motiver. Exception faite, peut-être, du monde des Iditors, où on allait s'éclater.

Comme pour se donner des forces, Grisbi engouffra deux nouveaux loukoums. (Sans être gourmands, ils étaient franchement gourmets. Tonduk avait prévu triple portion, ainsi que de baklawas et mamouls, pour cette inhabituelle réunion). Il ajusta ses bésicles, et entreprit à haute voix une dixième lecture, pour vérifier si tous les trois, représentants éminents d'une certaine élite culturelle, allaient enfin réussir à au moins approcher, à défaut de comprendre, le sens profond autant que superficiel de cette simple page. Ils pressentaient avec une sourde angoisse qu'elle représentait ni plus ni moins une sorte de condensé d'anthologie de la littérature de demain Et pendant que Grisbi lisait, Antiquus et Tonduk écoutèrent religieusement.

« *La dominante transcendantale et les presque infinies virtualités du khan de base relèvent, de façon intrinsèquement indissociable, de cet équilibre sans cesse remis en question depuis les origines mêmes du premier khan, dans le cadre d'une appréhension à la fois syncrétique mais toujours de plus en plus exigeante, où au doute légitime, par rapport à l'intuition épiphénoméniste, du Samoyède confronté aux si poignantes solitudes glacées de la toundra, répond en un douloureux mais vibrant écho la méditation pathétique du Papou à paupières parsemées de papules et à peau pâle peu ou pas parcheminée, écrasé au fond de sa hutte par la moiteur accablante de la forêt primitive qui l'entoure, et il s'est noué là un inaltérable lien, d'ordre plus que consubstantiel, pourrait-on affirmer avec peu de risques de se tromper, qui confirme de façon rigoureusement mathématique la thèse de l'universalité de tout khan moyen en général, qu'il soit ou non dépourvu de son identité structurelle, – il y a ici l'amorce de ce que l'on pourrait appeler un néo-structuralisme apuré – ou de ses parures sociales, tant et si bien que l'on peut alors entrevoir le jour où se concrétisera ce lien encore invisible, sous forme de cette immense chaîne qui viendra khanfirmer l'émouvante prophétie relative à ce que l'on appellera peut-être alors, en termes de sociologie kantienne, l'Internationale des Khans, ou la Khannerie universelle,*

Quand tous les khans du monde, se tenant par la main,

Entoureront ce monde d'une ronde sans fin ».

Le résultat pratique de cette expérience fut une radicale reconsidération de l'opinion, jusque-là mitigée, qu'ils avaient de leur collègue Éduk-Khan. Il devint pour eux l'archétype du penseur aux vues certainement grandioses mais mystérieuses. Sans être convaincus par ses interventions fréquentes au Grand Babil ou ailleurs, tous trois se mirent à les écouter avec respect. Manifestement, avec de tels Conseillers permanents au plus haut niveau de ce Ministère de l'Éducation, on allait au-devant de réussites étourdissantes et de lendemains qui chantent.

« En synthèse, avait ensuite estimé pensivement Tonduk, Gengiv's a prévu de créer des effectifs énormes et onéreux pour l'Éducation, où ils sont déjà une tripotée, mais inefficaces. Eh bien, ça ne suffira pas, et il faudra au moins tripler l'effectif, avec ces analyses de texte, et les congés maladie qui suivront ».

Il n'y avait pas que le Travail. Outre ses joyeuses virées trilobitiennes, Tonduk avait heureusement d'autres passe-temps pour se détendre. Tout ce qui relève de la vie privée en général. Il avait aussi depuis peu découvert les charmes de la méditation métaphysique. Ainsi avait-il décidé d'entreprendre une tâche exaltante, d'ordre personnel : il avait à purifier son âme en prévision de l'avenir, afin de pouvoir entrer, sans examen de passage, au paradis, allégorique, des dix mille vierges.

Pourquoi ce chiffre énorme ? Question intéressante, comme disent les e-narques. On peut donc se la poser. Réponse la plus logique : parce que ça sonne bien, et peut-être aussi, en vieux souvenir de l'Anabase. En fait, ce n'était là qu'évaluation métaphorique et purement symbolique.

Tonduk avait pourtant étudié le problème de façon rigoureuse. Ses recherches l'avaient ainsi fait entrer en relations avec le Grand Économe – toujours des majuscules – d'une importante communauté de moines ayant colonisé le Mont Athos. Cette région jouissait toujours d'une grande renommée dans toute l'Asie Centrale, depuis les valeureux combats qui s'y étaient déroulés autrefois contre les puissantes armées des Grands Ancêtres, tels Artaxerxès ou Darius. À la surprise générale, les guerriers locaux n'avaient pas cédé, d'où ce prestige rejaillissant sur leur patrie, encore des siècles plus tard.

Une correspondance s'était ensuivie entre cet Économe et Tonduk, qui avait demandé un devis. La réponse l'avait surpris agréablement : la monnaie locale était en capilotade. Et pour ce prix vraiment bas, il aurait droit à une cellule avec suite luxueuse et salle de bains suréquipée. Tonduk appréciait ces détails raffinés, qu'il avait pu apprécier en rendant visite à un ami Ititimadoulet, logé aux frais du contribuable au fastueux Palais du Luxe-sans bourses.

Une chose le troublait. Une remise de 20 % était garantie aux pensionnaires étrangers qui laisseraient pousser une barbe longue, comme les moines. Du fait de la notoriété internationale de Tonduk, et des retombées publicitaires prévisibles, le Grand Économe avait proposé d'élever cette remise à 50 %. Une affaire à saisir. Cette faculté de gagner la moitié du prix de pension était hélas assortie d'une angoissante conséquence : une telle barbe aussi longue empêcherait de se regarder le nombril. Dure perspective chez les Khans, surtout certifiés e-narques.

D'un autre côté, un gros avantage, d'aller du côté d'Athos, serait de trouver une belle rondache. Ils en avaient beaucoup, là-bas, c'était l'attirail de base, avec la lance. Le but étant donc d'acquérir un équipement complet d'hoplite pour concurrencer

Tango-Khan (dont on allait parler bientôt), à un bal masqué du Grand Babil. En synthèse, le choix était cornélien. Et Tonduk se tâtait.

On le laissera dans cet état, limité dans le temps, pour rappeler qu'avec le Mont Athos et sa monnaie en crise, il n'était qu'au début de son parcours rédempteur. Une succession d'édifiants séjours était ensuite prévue ; dans une laure moscovite, pour comparer avec Athos ; puis dans un ashram du sud du Rajasthan ; une lamaserie tibétaine célèbre ; un temple shintoïste à Kyoto au moment des cerisiers en fleurs ; une bonzerie birmane, pour finir. Cela faisait beaucoup. Mais, pour un tel enjeu, le rapport qualité-prix restait excellent.

Restait la gingivalité, la Doctrine de Gengiv's. « Progrès à faire », aurait-on pu penser. Mieux vaut dire que « le travail, c'est la santé, » en souriant qu'avec une tête sinistre, plaisantait Tonduk, en s'appliquant aux exercices du Grand Babil.

Tel était Tonduk-Khan, farouche Chef de Horde de la Garde rapprochée de Gengiv's lui-même.

GRISBI-KHAN.

Le dernier Trilobite, le troisième homme, sur fond de cithare ou non, selon les préférences, était Grisbi-Khan.

On ne pouvait parler de lui sans évoquer la ressemblance qui le liait de façon indissociable au célèbre acteur, l'Émir Ibn Al-Janh-Pirr-Marhielh. Grisbi était plus jeune et avait un visage plus rempli, aux limites du poupin, depuis que, Vizir des Finances, il allait de festins en festins. Mais persistait entre eux une incontestable similitude des expressions et intonations.

L'art consommé d'Ibn Al-Janh-Pirr-Marhielh touchait aux sommets quand il se lançait dans des considérations hautement métaphysiques et intemporelles sur la beauté du monde ou ses mystères infinis ; ainsi, avec ces ensembles inouïs de galaxies, derrière lesquelles pointaient des milliards d'autres. Dans son regard rêveur, ses confidences interrompues, on percevait alors comme la promesse d'initiations imminentes mais en pratique intransmissibles, sur ces insondables secrets de l'univers et de sa création, sur la pathétique réalité dérisoire de la condition humaine. Un tel art confinait au génie.

Eh bien, Grisbi, c'était exactement cela, en s'en donnant un peu la peine, avec un minimum d'entraînement. Il n'était que de le regarder pour l'imaginer, avec même talent et poses similaires, abordant les éternels sujets tels que budget, dette, déficit, austérité, estampage et cocuage, parmi d'autres du même ordre. (Dans la suite de ce conte, quand sera ajouté le mot « sublime » à propos d'une action quelconque de Grisbi, il faudra imaginer Ibn Al-Janh-Pirr Marielh en arrière-plan).

Il ne fallait pas sous-estimer Grisbi. La Finance était sa spécialité, dont il avait été nommé Super Vizir. Il avait ainsi à sa botte tous les Chefs Hordus, car il détenait la clé du coffre, leur permettant ces dépenses et gaspillages dont ils étaient friands. En pratique, tous venaient lui manger dans la main. Cela augmentait l'aura de sa séduction naturelle auprès des houris en général, des Palpitantes en particulier. Pour couronner le tout, il disposait de l'arme fatale, sous forme de ces contrôles fiscaux, dont certes il n'aurait pas abusé personnellement, de par sa bienveillance naturelle, mais qui se déclenchaient parfois en rafales sous pression conjointe de Gengiv's et Grand Vizir.

Du fait de ses fonctions et de sa formation énarchique, il était organisé. Une usine de planches à billets flambant neuve, créée en urgence, jouxtait ses immenses bureaux. L'ancienne était trop exiguë. On avait fait du solide. Au moins une qui ne serait pas délocalisée. Ça ferait plaisir à Tango.

Après accords au sommet, il avait aussi fait installer un pied-à-terre luxueux, d'où il pourrait papillonner, dans les riches oasis de Luxembordg et de Genovah, où pullulaient banques et établissements financiers. Car, le grisbi, ça se surveille.

Comme ses bons copains Trilobites, Antiquus et Tonduk, Grisbi était parfois hanté par le besoin de méditation. L'une des formes cliniques qu'il préférait était la méditation financière artistique. Il y avait gros à dire là-dessus.

L'affaire remontait à des lustres. Un groupe intelligent avait réussi une grandiose entourloupette fiscale, qui prenait aux yeux de Grisbi une tournure démente.

Cela avait commencé par une réflexion à propos de l'Art, de ses circuits, et du grisbi justement. Une bande hétérogène, mais liée par de gros intérêts communs, avait jugé que les Hordes au pouvoir auraient des besoins croissants en besants, piastres et sultanis, et feraient feu de tout bois pour s'en procurer. Or, l'intérêt commun de cette joyeuse bande, c'était aussi le bois, qu'il n'était pas question de laisser aux Hordus ; un bois précieux, fait de tout ce qui se négocie dans le domaine de cet Art, avec majuscule ou non, ça, peu lui chalait, pourvu qu'on la laissât en paix dans son fructueux bizenesse.

Ces esthètes avaient trouvé la solution. Il fallait faire, par tous moyens, copain-copain avec ces Hordus et le pouvoir en général, devenir indispensable. Ainsi serait jugé trop inamical de taxer ensuite ledit bizenesse d'Art… Simple en théorie ; pas si aisé à réaliser. On était arrivé pourtant à un résultat fabuleux, avec les moyens les plus divers.

En allant, par exemple, jusqu'à voter massivement pour les Hordus, contre toute logique. En peu de temps, on avait ainsi pu observer partout des phénomènes miraculeux, où les privilégiés les plus riches venaient apporter un appui décisif aux suffrages des plus démunis. Haïdénabab était l'exemple type. Son charmant et urbain Kaïd se trouvait régulièrement reconduit à la tête de ses Hordes anti-Capitalu, alors que la noble Cité abritait en son sein la crème, le gratin du gratin, la plus riche de toutes les plus riches populations de la planète, à deux autres villes près. Avec des prix records au bit carré !

Conséquence de cette évolution : comme on n'avait pu encore en chasser tous les manants, dont certains de la Tribu des Clodos (joli nom rimant avec Bobos), pour se protéger on avait fait de cette Cité un camp retranché, en se barricadant avec force chaînes, chicanes, pièges et entraves, digi-kodhs, voire gardes du corps pour les propriétaires les plus fortunés. La vie y était devenue merveilleuse.

Grisbi n'était pas un fanatique et aurait accepté de faire des distinguos. Auraient pu ainsi être classées à part les vraies Antiquités, antérieures à un siècle. Le cas le plus interpellant, pour lui, était l'Art Contemporain, qui n'a rien d'une Antiquité. Là, tout était effarant, en même temps que presque admirable.

La technique, très élaborée, avait été remarquable à tous échelons, axée sur le milieu des Nouveaux Riches et autres Tred-Heurhs. Ces grands experts ès spéculation, incidemment d'une inculture consommée, tous plus fortunés les uns que les autres, avaient fini, à ce petit jeu, par trouver plus malins qu'eux. À cet égard, Grisbi aurait plutôt salué la performance.

Sur ce thème, il s'était d'ailleurs lancé une fois, lors d'une soirée Trilobite, avec une verve étourdissante, dans un numéro particulièrement sublime à propos d'un des sommets de l'Art Contemporain, l'Art dit excrémentiel, sans oublier, dans un autre secteur, celui du tatouage. Ici, les transactions restaient encore plus sous le manteau. Car des chacals de mécréants avaient œuvré sur des porcs, ces animaux impurs, et aggravé leur cas avec des tatouages impies d'icônes religieuses et de textes sacrés. Comme si le cochon ne suffisait pas, on avait même proposé aussi la peau humaine, récupérée après décès.

Oui ! L'Art Contemporain, c'était vraiment de l'Art à un degré de talent jamais atteint, mais pas au sens littéral où on aurait pu l'interpréter philologiquement dans les souks. C'était l'Art sublime de la cornardification. Et ceux qui en vivaient, quelle que fût leur spécialité, méritaient tous d'être qualifiés d'« artistes » géniaux. En plus, on n'aurait pu trouver la moindre victime consciente, admettant avoir été cornardifiée si somptueusement : même la Morale y trouvait son compte.

Sauf celle de Grisbi. « Car *Rome n'est plus dans Rome. Elle est là où je suis. Et l'État, c'est moi.* Donc, le vrai cornard, c'est moi, » avait-il logiquement déduit, avec à nouveau la plus sublime intonation, arrivé au terme de sa longue méditation.

En effet, dans cette histoire il y avait à l'évidence une forte, énorme, faramineuse, mirifique manne à taxer. Or l'usine de planches à billets de Grisbi avait beau fonctionner à fond, 24 heures sur 24, on réclamait toujours plus d'argent. Alors qu'on avait là une ressource fantastique !

Il n'était pas le seul à avoir ainsi cogité. D'autres avaient fait les mêmes analyses et demandé que soit taxé ce tas d'or, au moins un peu, on augmenterait ensuite. Ils avaient aussi montré que toutes les arguties des opposants à la taxation n'étaient que poudre aux yeux et contre-vérités. La gêne prétendue pour les musées, la fuite des œuvres d'Art Contemporain à l'étranger (les plus chères fuyaient depuis longtemps déjà), etc., tout était pipeau. Le seul but était le maintien du bizenesse.

Mais c'étaient les sans-grades Hordus, sans pouvoir réel, qui avaient souhaité taxer. Les méditations de Grisbi l'avaient amené à s'interroger sur les Chefs du Parti Hordu et des Alliés. On avait peu entendu les Lippus- et Bougons-Khans sur ce coup. Pourtant, Lih-Essef était un thème en or. Xymoron avait été discret. Pour avoir bricolé dans l'Art Contemporain quand il était parasite doré au Palais du Luxe-sans-bourses ? Les Hordus n'avaient pas bronché non plus ! « Antiquus doit être dans le coup, lui aussi, avait estimé Grisbi. Je ne lui en parlerai pas pour ne pas le peiner. Quant à Star-Star, avec son caravansérail de la Place des Monts Vosgodjar, ça doit être pire. Mais Viz et Gengiv's se sont, tous deux aussi, méchamment écrasés sur cette affaire. Ça justifierait une petite enquête de 001 et 007 ! ». Pourtant, au terme de ses réflexions, il s'était dit qu'il avait intérêt à ne pas faire de zèle, puisqu'aucun ténor ne semblait vouloir de ce grisbi. Les copains Hordus sans grade sauraient une fois de plus qu'on les prenait pour des Khans. Et on ricanerait dans les souks. Il avait alors conclu, avec mimique sublime : « De toute façon, il va falloir en trouver, du grisbi. On va donc de plus en plus leur serrer la vis. Et quand le Khan serre dur, on sait ce qui arrive à l'habitant ». En vérité, Grisbi était tenu depuis peu à faire profil bas. Son proche aide-Vizir au Budget venait d'être confondu de fraude fiscale massive prolongée. L'énormité du scandale allait ternir la réputation Hordue pendant des années. On n'était qu'au début de cette affaire abracadabrante. Grisbi s'en était trouvé pétrifié. Mais en pratique, l'impôt ne cessait d'augmenter, depuis l'arrivée de Gengiv's et de ses Hordes. D'où leur impopularité croissante.

Quant à la gingivalité, c'était par esprit de facétie, et non pour faire montre d'un zèle à la limite de l'obséquiosité, que Grisbi allait jusqu'à interrompre les exercices pour poser des questions. Touché d'un tel intérêt, Gengiv's expliquait avec patience. Sans sourciller, Grisbi continuait d'affecter une vive attention, prenant même des notes avec un sublime air inspiré.

Tel était ce Vizir, Sympa-Khan, mais farouche Chef de Horde de la Garde rapprochée de Gengiv's lui-même.

TANGO-KHAN.

Que vient faire en ce conte une danse théoriquement originaire du sud de ce Continent dont le nom, deux siècles plus tard, dériverait du prénom d'Amerigo Vespucci, alors qu'il aurait dû s'écrire Christophique ou Colombique !

En fait, cette danse était bien plus ancienne. D'éminents chercheurs la faisaient même remonter aux Pharaons, hypothèse toutefois discutée. Il était fascinant de penser que Cléopâtre avait peut-être pu comparer les mérites de César et Antoine en un domaine si particulier ; et que le sort de l'Empire Romain eût été différent si Octave avait aimé le tango. En tout cas, l'Asie Centrale l'avait par la suite adopté. Seulement des siècles plus tard, il serait délaissé, pour renaître près du Rio de La Plata où le relanceraient des immigrés venus des Philippines.

C'était, au temps de ce conte, la danse la plus populaire, la coqueluche, la folie de l'Empire. Les Gagadémiciens s'y étaient mis avec ardeur. Gengiv's lui-même avait succombé à cette passion. Il avait eu pourtant, à ses débuts, une nette préférence pour la musique militaire, qui à son avis s'accordait le mieux à son allure martiale et allait jusqu'à l'émouvoir. Ce pourquoi il préférait assister aux grands défilés sous des pluies diluviennes masquant le fait, en soi émouvant, qu'il ait la larme à l'œil. Il est légitime d'avoir son quant-à-soi et d'être soucieux de sa dignité. Gengiv's était un Guerrier, à réputation de bravoure et cruauté. Quand il en va ainsi, on ne peut avoir la larme à l'œil par la musique militaire, comme la midinette des souks avec les romances de Thinoh Rocih, chanteur des oasis méridionales.

Autant que la mélodie, c'était le pas du tango qui avait séduit Gengiv's. Trois pas en avant, deux en arrière. Mais il y avait des variantes : trois en avant, trois en arrière ou même quatre ou cinq, avec déboîté, retourné, pivot, demi-tour. Quand on a l'âme politicu, c'est le pas le plus beau et le plus utile, la plus troublante des figures. Il en avait discuté avec la Favorite, dont c'était aussi la danse préférée, *(Le plus beauoo... de tous les* Grands... Khans-*du-mon-... dee...)* en se grisant d'enivrantes virevoltes, le soir au clair de lune.

Les compétitions de tango étaient innombrables. Certains vainqueurs virtuoses avaient conquis une réputation débordant les frontières. C'était le cas de Gipoga. Il avait triomphé et jeté l'émoi dans les Cours Royales, y compris chez les Angles, avec sa spécialité, le chassé glissé chuintant frétillant, et rotation-déjeté sautillant du tronc en fin de mouvement. Il l'enseignait à la Gagadémie, où il exerçait maintenant en exclusivité.

Sans appartenir à cette aristocratie internationale, Tango-Khan avait connu maints succès flatteurs dans sa jeunesse, où il avait écumé les pistes de danse pour payer ses études, grâce aux prix remportés dans les compétitions. Après son entrée dans les Hordes il avait mis la pédale douce mais continuait de pratiquer.

Le souvenir de ses exploits passés hantait les nuits de ses nombreuses admiratrices, notamment au Grand Babil. Pour en animer les réunions, on avait décidé d'y faire une petite sauterie en fin de séance, après la pause gingivalisation, un mercredi sur deux. Tango accepterait bien d'y donner des conseils, tel un Maître de Ballet. Il y aurait aussi, chaque mois, un grand bal en soirée, avec danseuses en nombre grâce aux quotas.

Tout ce qui précède suffit en tout cas à faire comprendre pourquoi Tango avait reçu ce nom de guerre si prestigieux. Car l'élite de ces danseurs jouissait d'une réputation comparable à celle des athlètes vainqueurs à Olympie dans les Temps Antiques. Comparable aussi à celle que connaîtraient, mais lors des siècles futurs, les castrats de la Chapelle Sixtine, ou dans un genre très différent, les Sumos de l'Archipel Nippon.

Bien sûr, viendraient des jours où danseurs, castrats ou Sumos dégringoleraient de leur piédestal. Les civilisations vont et passent. La roue tourne, avec les *tempora* et les *mores*. Mais pour le moment, les virtuoses du tango figuraient au nombre des idohls du peuple des souks et des yourtes.

Par ailleurs, Tango-Khan avait été gratifié de beaucoup de dons puisqu'il était de plus un redoutable guerrier, aussi habile au yatagan qu'aux armes d'estoc et de taille, d'hast et de jet. À cela s'ajoutait, renforçant sa réputation de séducteur patenté, la kyrielle de barbons jaloux qu'il avait en duel envoyés *ad patres*.

En conclusion, chiromanciens ou mages, et à leur suite nombre de meddiahs prédisaient qu'il succéderait à Gengiv's, (lequel avait réaffirmé, à qui voulait l'entendre, qu'il n'était pas partant, ni pressé de quitter la table du banquet)... Sachant cela, mais feignant de l'ignorer, Tango variait dans ses attitudes.

Tantôt, il prenait un air de chattemite, car ayant été élevé dans son adolescence par un parti de derviches avisés et portés sur la dissimulation. Mais cela ne trompait pas ceux qui le connaissaient. Car il est bien difficile, n'est-il pas, de vouloir paraître chanoine quand on se sent mousquetaire, ainsi que l'on dirait dans quelques siècles chez les Velches.

Tantôt, sa nature si romantique et son naturel passionné l'emportaient sur toutes autres considérations de prudence ou diplomatie. Indigné qu'il se disait être par la mollesse et l'indécision chronique de Gengiv's, il arborait alors l'air le plus conquérant qui se pût avoir été observé. S'imaginant faisant le Khan sur le pavois, en pose de Héros solennel avec esthétique mouvement volontaire du menton ; ou bien à cheval, à la tête de ses Légions, tel César face au Sénat, entouré de ses étendards, appuyant l'extrémité de sa lance dorée sur le gras du creux du nombril d'un Gengiv's étalé à ses pieds et demandant grâce.

Tantôt, enfin, son visage s'empreignait d'une expression lointaine, mystérieuse, proche du mystique, quand il s'imaginait alors, au sommet du plus haut minaret du monde. Il pourrait là, au-dessus de la pollution et des viles préoccupations des Khans de base, voir les planètes à l'astrolabe, brosser de vastes desseins, à ces altitudes où circulent sans encombre les fluides cérébraux. (Bref, devenir Khan comme la lune, auraient conclu avec la dernière vulgarité certains Chefs Hordus).

Car tout cela, en fait, importait peu à ses chers Collègues. Ils n'avaient cure des états d'âme de Tango. Ce n'était pas non plus le chassé glissé qui les intéressait. C'était succéder à Gengiv's. Ils étaient au moins cinq ou six à y penser très fort, en leur intérieur bien insonorisé. Parmi eux, des ténors.

Tous s'étaient donc intimement réjouis de savoir Tango-Khan investi d'un Vizirat où il y avait plus de probabilités de le voir dégringoler que grimper, dans ces sondages devenus la drogue favorite du monde politicu.

Mais Tango, ces temps derniers, n'avait pas envie d'aller danser. Son beau visage altier s'était rembruni, son front creusé de ridules, que masquait mal la retombée gracieuse d'un revers de mèche savamment étudié. La cause de cette contrariété était une ébauche de gonflement de la face, des joues et bajoues en particulier, que soulignait fâcheusement son nouveau costume avec petit col marin, la dernière mode dont il s'était toqué.

Ces altérations morphologiques faciales étaient la rançon, évidemment, de ces excès de table et de ces vins somptueux qui étaient devenus l'ordinaire de tous les Chefs Hordus. À l'époque de la Conquête, ils avaient eu plus d'allure. Mais était venu le temps des banquets, financés par le contribuable ou les Lhôbiz, terme invariable d'origine Angle. Tous s'étaient alors mis à s'empâter. Certains, plus particulièrement. Comme il se devait, Gengiv's montrait l'exemple, en tête du peloton. Mais Tango s'empâtait donc, lui aussi. Et Grisbi, ainsi qu'Antiquus, et Céhessgé, bien placé également. De même qu'Hélédéjà-Omur et d'autres. L'empâtement était une quasi-fatalité du Politicu. Proportionnel à la durée des fonctions, de façon mathématique.

Si Grand Viz, au lieu de faire sottement le matamore, avec effets de pectoraux, avait eu l'esprit scientifique, il aurait programmé une pesée générale au début de son gouvernement,

Gengiv's inclus, sur une de ces immenses balances que Joyeux-Khan voyait souvent dans l'exercice de son travail Viziral, aux inaugurations de foires et abattoirs. Il aurait dû en faire installer une dans la grande cour du Palais Élyséen. Afin d'établir, chaque mois, courbes et relevés pour les études des sociologues ou des élèves d'e-narchie. Mais Viz n'avait pas l'esprit scientifique. Confirmant la règle, seule exception à cette fatalité mathématique : celle de Star... Oui, mais au grand jamais celui-ci ne se serait commis dans un dîner arrosé par les Lhôbiz.

Compendieusement, Tango avait de gros souçailles. Car ne voilà-t-il pas qu'un événement imprévu était venu semer le trouble chez les Khans, qui auraient cru avoir rêvé s'il n'y eût eu tant de réalité. En effet, l'Intendant Général, tous les autres Intendants, et le Corps des Grands Écuyers et Inspecteurs des Palais ne s'étaient-ils pas présentés, tête couverte de poussière, le jour précédant la lune de Mohab, pour annoncer la terrible nouvelle. En craignant un violent accès de colère du Vizir, qui pour être Expert en tango, était aussi virtuose au yatagan.

C'était par un bel après-midi. La nouvelle, terrible et toute simple à la fois, en sa tragique nudité, était tombée de la bouche de l'Intendant Général : l'orgueilleuse, altière Tour-Minaret se fendillait, comme un vulgaire rouleau de papyrus, de haut en bas, du nord au sud, et d'ouest en est, du sommet où ergotaient les Khans opposants, jusqu'à ce rez-de-chaussée près du petit jardin biologique où Moustachu cultivait paisiblement fraises, tomates et petits pois, plus quelques plants de pavot en activité secondaire (le khannat-bis de sa consommation personnelle).

Tango-Khan, comme le lecteur, avait de suite intégré le caractère allégorique, symbolique, du fendillement de cette tour avec ces références aux quatre points cardinaux. Cela équivalait aux effondrements, suivis ou non de délocalisations, touchant hélas de plus en plus de secteurs, manufactures et tours dans tout l'Empire. Feignant de le juger le plus compétent, Gengiv's et Grand Vizir s'étaient hâtés de lui balancer cette patate chaude en attribuant de plus, au Vizirat qui en aurait la charge, un nom savant. Tango aurait tellement préféré l'Intérieur ou les Affaires Étrangères. Il avait dû s'incliner et avait même exprimé des remerciements, simulant d'être heureux de cette affectation.

La Tour non seulement se fendillait, continuait l'Intendant Général (en se grattant le nez ; un vrai tic, il faudra que je lui dise un jour, avait pensé Tango, étonné que l'on puisse songer à de tels détails quand on vous annonce pareille catastrophe), non seulement donc se fendillait de la façon la plus indécente qui se pût imaginer, mais risquait de se désagréger proprement, au point qu'il était concevable que des blocs de maçonnerie viennent choir sur quelque tête de Khan. La perspective que ce puisse être la sienne ne faisait qu'ajouter aux soucis de Tango.

En apprenant la nouvelle du fendillement-désagrégation, Tango avait hésité à faire d'emblée une de ces grosses colères qui vous assoient l'autorité d'un Khan, et à laquelle il aurait donné du panache et une belle ampleur théâtrale, ce pourquoi il était doué. Mais en même temps, c'était une impression étrange d'abattement qu'il avait éprouvée, en revoyant en un éclair le déroulement de sa carrière, en se remémorant ses agissements. Et las ! Cet Intendant qui continuait, se grattant encore le nez, de parler lézardes et fendillements. N'allait-il enfin s'arrêter ?

Finalement, il avait pris la décision de rester impavide. Ce qu'avaient admiré les Khans de son cabinet présents à cette entrevue. Ils s'en étaient félicités. Mais après ces nouvelles, le moral était au plus bas. Et beaucoup, pensant au célèbre poème *Khan, reverrai-je…* se disaient avec angoisse que ce ne serait pas demain qu'ils pourraient la revoir fumer, la *cheminée* de leur *petit village*, et admirer le *clos de* leur *pauvre (?) maison* où ils avaient espéré goûter, à 50 ans, une retraite méritée.

La situation était grave. Il fallait réagir, et discuter donc d'abord. La réunion au plus tôt d'un Conseil interministériel réduit s'imposait. Tango allait informer Gengiv's et proposer que cela ait lieu à Samarkand, la capitale historique. Pourquoi là ? Parce que ça changerait un peu les idées. Parce que ça apporterait une petite note symbolique. Enfin et surtout, ça emmouscaillerait Viz qui détestait les voyages en chameau.

On avait finalement opté pour le Palais Élyséen. Liquéfié à l'idée de devoir passer des heures à dos de camélidé, Viz avait exigé Haïdénabab. Un grand buffet était prévu. La réunion débuterait une heure avant le coucher du soleil.

Tout le monde arriva à l'heure. Après les salamalecs de circonstance, on commença par honorer le buffet, en terminant par un narghileh ou un houka. Chacun fit sa provision de loukoums, kaïmacs, halvas, et de tasses de kéfir. Puis la palabre commença. Elle dura huit bonnes heures.

001-Khan et Tango se détestaient cordialement, le second enviant le poste de l'autre. À un moment, se produisit un minime incident significatif. Toujours élégant, Tango portait des chausses qui étaient l'objet de sa fierté. Fabriquées sur mesure (comme pour un célèbre Vizir de l'Ère Migi, au fait), en cuirs de Cordoue fournis par un réseau barbaresque. Cela coûtait un nombre exorbitant de besants. Mais il tenait à ses chausses, sur lesquelles il aimait que l'on déposât suffisamment de cire.

001-Khan le savait. 001 était au courant de tout, de par ses fonctions. Durant la palabre, il fit allègrement tourner l'extrémité de l'agal, cordelette maintenant son keffieh, pour agacer Tango. Ce dernier affichait une grande coquetterie en matière de keffiehs, qu'il collectionnait. Puis 001 se mit à fixer l'extrémité de la chausse droite de Tango. Celui-ci, qui à son habitude conversait avec conviction, éprouva une préoccupation croissante pour cet intérêt obstiné de 001 envers ce bout de chausse. N'y tenant plus, il décroisa subrepticement ses jambes et regarda à la dérobée ce qui semblait tant intéresser son collègue. À l'affût, celui-ci ébaucha un sourire. Pour émousser l'attention, jeter le trouble dans les esprits, 001 adorait de tels stratagèmes. C'était un as de la déstabilisation.

Mais il fallut mettre fin à la réunion, qui sinon se serait prolongée toute la nuit sans qu'aucune décision soit prise.

Sur le fond, on n'avait pas de solution efficace. Mais le problème restant important et urgent, il fallait agir. On allait donc installer une première Commission rapidement, dans les six mois, qui aurait pour mission première de discuter de la composition d'une deuxième Commission. Viz avait alors, du regard et d'un concomitant lever de menton, interrogé Grisbi et Tonduk, assis en face de lui, pour leur demander confirmation de la faisabilité en un délai si court d'une telle opération. Ayant consulté Tonduk en une brève et muette interrogation d'intensité aussi poignante que celle de Viz, Grisbi avait hoché la tête d'un air sublimement optimiste. Il en avait été remercié d'un sourire radieux. Pour un peu, Viz aurait pris une pause avantageuse et tiré deux fois de suite sur un cordon imaginaire, à l'image d'un Chef Germain qui dans sept siècles lancerait l'offensive de ses blindés dans les Ardennes Gauloises.

On en était à la deuxième Commission… Celle-ci élirait un bureau et un Président, qui consulterait son collègue de la Première Commission pour définir avec lui la meilleure marche à suivre. On étudierait alors le dossier, avec Rapport de synthèse confié pour conclusions préliminaires à une Troisième Commission élue par les membres des Sous-Commissions créées entre-temps dans les deux Premières Commissions. Puis deux Rapporteurs seraient désignés, qui joindraient directement Gengiv's pour demander ce qu'il voulait au juste, en précisant clairement comment, où, quand et pourquoi. Le Rapport qui suivrait serait sobre, clair, court à établir, au maximum dix mois. Après réexamen global, la Troisième Commission rendrait alors son avis public. On aurait la réponse dans quatre ans. On serait au début de la campagne des prochaines ilictions. C'était clair. Du niveau B A BA de première année d'ÉNA.

Tout le monde avait confirmé et surenchéri :

– C'était clair.

– Tout à fait.

– Absolument.

On avait là la tierce royale, le triptyque de la quintessence de l'art oratoire des Khans d'e-narchie. Pas le moindre Khan, petit ou grand, fini ou infini, sophistiqué ou naturel, qui eût ignoré cette petite phrase-clé, ce passeport, ce sésame de toute conversation de haute qualité entre Khans de bonne compagnie. Même si c'était *as clear as mud,* comme déjà évoqué. Les temps changent (mais pas les Khans). Dorénavant, c'est clair. Parfaitement. Tout à fait. Khan se le dise.

En synthèse, selon les opinions, Tango était perçu comme un pauvre Khan ou un Sympa-Khan. Absolument.

Quant à la Doctrine de Gengiv's, Tango ne gin-gi-va-li-sait pas. Il n'était à plein râtelier que dans le glissé virevolte, où là, il en faisait même un peu trop. Il ne se fendait, sinon, que d'un pâle sourire, ce qui était peu conciliable avec cet appétit de gloire que l'on pressentait. Ne cachait-il pas en fait un immense potentiel, pour mieux tromper Gengiv's ? Celui-ci le jaugeait avec une méfiance croissante.

Tel était Tango-Khan, farouche Chef de Horde de la Garde rapprochée de Gengiv's lui-même.

001-ZÉPHYR-KHAN.

Rien n'avait prédisposé 001 à devenir un spécialiste des réseaux de l'ombre. Dans sa jeunesse guerrière, où il avait excellé en toutes armes, il n'était même connu que sous le nom de Zéphyr-Khan, allant au gré du vent, en butinant au hasard de ses rencontres. Avec bon sens, une capacité d'adaptation teintée d'humour, et une grande maîtrise de soi.

Un tel ensemble l'avait peut-être incité à s'intéresser à ces mondes souterrains intrigants. Il était devenu 001-Khan, puis le puissant Vizir de l'Intérieur et l'un des meilleurs Ministres du gouvernement. À son titre était lié celui de Grand Chambellan, important pour les questions de protocole.

Sachant tout ou presque, de par ses fonctions, et servi par un sens aigu de l'observation des mœurs des Khans, 001 avait acquis une connaissance exceptionnelle de la nature humaine. Chez certains, une telle extrême lucidité peut mener à la dépression aiguë. Heureusement, il compensait, et mieux encore, grâce à un tempérament d'un optimisme inaltérable.

Les divers comportements humains, qu'il avait disséqués dans le détail, n'étaient donc plus pour lui que banalité.

Certains ne continuaient pas moins de l'étonner, par l'intensité immuable de leur répétition constante. Ainsi lui arrivait-il encore d'ajouter une note ou un point d'exclamation sur les fiches détaillées qu'il colligeait personnellement. Car il tenait, bien sûr, un dossier sur tout Khan comptant un tant soit peu dans le monde politicu.

L'objet le plus fréquent de ces annotations concernait les aventures du pelvis. Il avait en sa jeunesse fréquenté les milieux des Beaux-Arts ou des Médicastres et connaissait la vie. Ayant étudié les Classiques, il était aussi homme à bien saisir les implications de cette sorte d'aphorisme qu'il avait lu dans Thucydide : « Depuis la préhistoire, ce qui a toujours mené le monde a été l'or, qui permet le pouvoir, et le sexe (le terme originel, en trois lettres, était plus cru), qui l'agrémente ». *L'or et le sexe,* cela aurait pu être une belle fable pour Ésope, ou un fabuliste Gaulois qui serait célèbre dans cinq siècles. Sur ce plan, rien n'avait changé, jugeait 001. Des dictons populaires connus le confirmaient. Zéphyr aurait été intéressé de savoir le cheminement mental de personnages jusque-là en apparence normaux, qui devenaient de furieux enragés de la bagatelle dès qu'ils avaient seulement côtoyé, et a fortiori exercé le pouvoir.

Lequel rend fou, lui avait expliqué un jour un sage ermite. Ainsi était explicable le comportement de tous ces Dirigeants ? Discret, 001-Khan ne se serait jamais servi de ses fiches (hors nécessité, bien sûr). Les Shoguns de la Dynastie Khong avaient été spécialement actifs à cet égard. Sous l'Ère Migi, on était allé jusqu'à dédoubler le harem, avec délocalisation partielle ! (aux frais du contribuable), ce qui était quand même énorme.

La plaisanterie à ce propos était d'évoquer l'adage célèbre selon lequel *la fonction crée l'organe*. Si tel était le cas, le susdit devait être de mieux en mieux dimensionné, au fil de ses prestations et des avancements ministériels, cela jusqu'au poste même de Khan Suprême. *Quo non ascendam !*

Sur-dimensionnement et usage frénétique sont certes des éléments qui comptent, mais ne suffisent pas, et la rumeur confirmait que la qualité ne suivait pas. Trop vite, comme les lapins. Là, le mystère s'épaississait. Car les supposées lapines ne pouvaient qu'être dûment averties (par la rumeur, les copines). Elles ne maintenaient pas moins en léthargie leurs six adducteurs. Était-ce un genre de comportement compétitif, d'ordre cynégétique ? Du style « j'améliore mon tableau de chasse ». Ou fallait-il y voir le résultat de la fascination exercée par les lieux de pouvoir ? Problématique psychanalytique.

Les Chefs Hordus, eux, font peu dans la psychanalyse. Ils pensaient simplement (quand ils pensaient) que les houris sont, sinon fascinées, au moins dynamisées, non par le pouvoir en soi, mais par les avantages matériels qu'il procure. Et qu'elles se comportent à la façon de leurs aînées du temps des grottes, en affichant leur préférence pour celui qui possède le plus de peaux d'ours ou panthères, et de réserves de viande d'aurochs. En bref, la question de base se résumait ainsi : de Gengiv's, Viz, Tango, Antiquus, Grisbi, Tonduk et tutti quanti, de tous ces guerriers, qui seraient les meilleurs chasseurs ? (Comment évoluerait un tel machisme, dans les siècles suivants ?).

Mais, si blasé qu'il fût au sujet de ces questions, 001 ne trouvait pas moins effarante l'hypocrisie qui régnait à ce sujet, de même chez les politico-meddiahs. Le meilleur exemple était la façon dont avait été traité un célèbre Chef de Horde. Valseur-Khan était son nom le plus connu. Certains l'appelaient aussi Charleston-, ou surtout Carlton-, et aussi Cannes-Khan, du nom de cette Cité balnéaire de la Caspienne où les Khans allaient danser quand ils avaient trente ans.

Valseur-Khan n'était pas n'importe qui. Sans un stupéfiant coup de théâtre, il aurait été le héros de ce conte ! Il avait été ni plus ni moins programmé pour être Grand Khan Suprême. Il y avait 99,9 % de probabilités qu'il le devienne effectivement s'il était resté tranquillement à attendre, pendant un an. Mais un incident très imprévu était survenu, d'ordre pelvien, avec une servante, en un lointain caravansérail et dans des conditions que personne ne connaîtrait vraiment. Tout avait alors explosé. Une année plus tard, Gengiv's faisait la conquête de l'Empire.

Valseur-Khan n'avait peut-être pas eu envie, au fond, de devenir Khan Suprême, comme certains l'avaient expliqué. 001 ne comprenait pas que ce Khan se soit ainsi comporté, alors qu'il avait pour Favorite une des plus belles houris de l'Empire… En tout cas, là où l'hypocrisie était caricaturale, c'était dans le comportement des Chefs Hordus et des politico-meddiahs.

Ses collègues, de même que leurs houris, auraient fait des bassesses, le cas échéant, pour plaire à Valseur si celui-ci était devenu Khan Suprême. Or les mêmes changeaient de trottoir en l'apercevant, pour éviter de le saluer, et n'avaient de mots assez durs pour le décrier. Les politico-meddiahs agissaient de même, après avoir débordé de superlatifs à son sujet durant des années, vanté ses qualités de futur Chef d'État. Ce beau monde savait par le détail qui était Valseur. Après l'avoir porté sur le pavois, ils l'en trouvaient soudain indigne. On ne changera jamais les Khans, concluait 001, en analysant pareilles situations.

En synthèse, on aurait pu proposer d'appeler Empire des Sens ce monde de Dirigeants qui pensaient plus à ça qu'à tout le reste. Zéphyr respectait une réserve d'ordre professionnel. Il aurait pu, sinon, rédiger une encyclopédie sur ce qu'il avait appris sur les mœurs de ces obsédés. Empire des Sens ! La formule était juste.

Les tâches de 001 étaient multiples. Il avait à gérer aussi les secteurs propagande, sécurité, application des décisions de conseils interministériels... Le dernier en date avait été une merveille du genre. Heureusement, les Services de 007 l'aidaient, à l'occasion, et avaient pris en charge ce secteur.

Avec le seul département complots, il y avait de quoi s'occuper. Car il fallait non seulement surveiller les opposants. Là, c'était simple. Mais l'essentiel était concentré sur les Hordes et surtout les Alliés, avec notamment Oxymoron, ou Hélédéjà-Omur, les plus attirés par la pubh et les politico-meddiahs. Fakir-007 avait transmis le dossier complet où tout figurait sur cette dernière : courriers, projets, et même des brouillons de poèmes. Une versification moderne. Elle semblait faire une fixation sur son voisin du Ministère, qu'elle appelait dans ses églogues Camé-Léon-Khan. Pour l'heure, on gardait ça sous le coude. On n'avait rien montré à Gengiv's, qui avait assez de problèmes. Cela pourrait servir un jour.

001 et 007 étaient aussi d'accord à propos de Lih-Essef et des taxes sur l'énorme bizenesse de l'Art Contemporain. Là, Gengiv's et Grand Viz avaient été nuls, ou étaient de mèche. Ils avaient trahi la base, les militants Hordus. Ils écrasaient d'impôts les souks et bouzouks et laissaient les Bobos-Kaviarhs se partager cette manne en évitant donc en plus Lih-Essef, alors que toutes les caisses étaient vides. C'était incompréhensible.

Le secteur immigration poserait aussi tôt ou tard de gros problèmes. Zéphyr avait eu le courage d'en parler à Gengiv's, sur un ton grave. Celui-ci avait haussé les épaules, d'un air éperdument indifférent, et répondu qu'il avait d'autres chattes à fouetter. Façon de parler, du style de ses prédécesseurs, eux aussi responsables de la situation. Il y avait de plus en plus de giaours et roumis immigrés clandestins. Avec plein de bonnes raisons : aller en Chine chercher de la soie, de la poudre à canon ou de la porcelaine ; rassembler leurs familles ; vivre dans les ashrams du Cachemire ou du Népal ; étudier herbes et botanique des vallées afghanes ; acheter de l'huile à Bakou ou Baghdad… Toutes sortes de prétextes et n'importe quoi. Mais en pompant l'eau des oasis pour leurs provisions de voyage, ils finiraient par assécher les nappes phréatiques. Du coup, plus de dattes, plus de sirop de dattes, non plus que de loukoums. Tout ce dont le peuple raffolait. Zéphyr pensait que cela finirait mal, et ce serait de la faute à Gengiv's et à ses prédécesseurs.

Les fonctions de Chambellan n'étaient pas seulement honorifiques. Il y avait le protocole. Le gros casse-tête à ce sujet était le cas de la Favorite. Là, 001, et plus encore 007, n'étaient pas d'accord avec cette façon d'agir du Khan Suprême.

Un autre problème contrariait encore plus Zéphyr. Le Vizirat de la Justice, qui normalement travaille en harmonie avec celui de l'Intérieur, avait été octroyé à une politicienne qui dans le passé avait d'abord commencé à vouloir régner sur sa principauté d'outre-mer, qui serait devenue indépendante. Elle avait ensuite changé de tactique, et manœuvré en empêchant le Grand Khan-de-Ré de conquérir le pouvoir, supprimant ainsi l'espoir d'une Ère Jokimigi qui aurait abrégé l'Ère Kimigi et peut-être empêché l'Ère Sakimigi. De façon ahurissante, les

Chefs et bien des militants Hordus semblaient avoir tout oublié. Zéphyr-001, lui, se souvenait : il avait été un admirateur et un fidèle du Khan-de-Ré.

Restait la gingivalité. Cette Civilisation du Râtelier, avait-il été énoncé. Eh bien, elle ne suscitait pas chez 001-Khan l'enthousiasme que partageaient Gengiv's et Grand Viz. Hyperlucide, et sans la moindre illusion, il avait très vite perçu que cette Civilisation n'était autre que celle du montage d'images, du faux-semblant, de la duperie institutionnalisée.

Il s'en tenait donc à une façade, une demi-mesure, en se contentant de sourire à l'occasion, mais sans excès et sans vouloir contrarier pour autant Gengiv's.

Tel était Zéphyr-001, Sympa-Khan mais farouche Chef de Horde de la Garde rapprochée de Gengiv's lui-même.

007-FAKIR-KHAN.

007-Khan avait donc des activités parallèles à celles de 001. Mais les deux Chefs Hordus ne se ressemblaient pas, au physique ou au mental. S'il avait fallu les décrire en une seule ligne, on aurait dit de 001 qu'il était du genre dilettante sérieux, alors que 007 aurait plutôt été qualifié de fanatique affable.

Comme 001, 007 avait eu divers surnoms de guerre à ses débuts, ses activités de plus en plus souterraines l'amenant souvent à changer. Après 007, le plus utilisé était celui de Fakir.

001 et 007 partageaient de lourds secrets d'État. 001 était plutôt chargé du fichage, de l'organisation, et 007, du service action. Il était donc en théorie le plus craint des Chefs Hordus, ayant autorisation d'éliminer. C'était là un peu leur spécialité à tous, en fait. Lourd bilan ! s'il avait fallu compter ceux qu'ils avaient dû éliminer pour arriver à leurs Vizirales fonctions.

Pour définir et camper 007-Khan en image, il suffisait de l'imaginer parcourant d'un pas tout à la fois souple et assuré les couloirs de son mystérieux Vizirat, visage énigmatique et regard déterminé, avec djellaba noire de soirée, chemise blanche, œillet rouge. Bien sûr, l'avant-bras droit en apparence nonchalant, mais prêt à saisir la poignée d'un long kandjar étincelant juste simplement maintenu, sans la moindre entrave, dans le holster (terme d'origine mongole, en langue khalka) ultra-plat fixé sous l'aisselle gauche.

L'arrivée de 007 au Grand Babil se faisait de même façon. Beaucoup de houris étaient comme hypnotisées, jusqu'à croire entendre une musique mystérieuse, cadencée au rythme de sa marche. Une telle ambiance suscitait un état de tension dont Fakir semblait inconscient. Il n'était pas rare de devoir secourir une inconditionnelle présentant les indices d'un émoi débutant. De même en avait-il été, avant que 007-Khan n'arrivât au Palais-Élyséen, derrière bien des moucharabiehs au travers desquels il avait été admiré passionnément. Même chez les plus blasées qui avaient exercé à une époque à ses côtés, et qui en avaient connu d'autres, cette démarche de 007 éveillait l'irrépressible nostalgie de voluptés anciennes mais non moins inoubliables, autant qu'inavouables.

Dans un tel contexte, la moindre de ses interventions au Grand Babil était suivie avec une intense attention.

Dire que l'état dans lequel 007 pouvait placer tant de houris faisait plaisir aux Chefs Hordus serait mentir. C'était son karma, comme c'était le leur, qu'il en soit ainsi. Les pouvoirs spéciaux de Fakir-007 incitaient à la retenue. Même Gengiv's éprouvait à son égard des sentiments ambigus. Certes, 007 était pour le moment l'exécuteur zélé et obéissant des hautes et (plus souvent) basses œuvres. Mais pour qui travaillerait-il un jour ? Surtout si une ambition croissante venait inopportunément brouiller la situation ? Gengiv's savait d'expérience que l'appétit des Khans va grandissant. A fortiori dans le monde Hordu. On pouvait penser qu'il y avait du Tamerlan dans 007. Or Tamerlan, c'était prévu plus tard. Il ne faudrait tout de même pas se tromper de scénario et d'époque, estimait Gengiv's.

Fakir-007, pour sa part, ne savait plus très bien où il en était, parfois. De façon naturelle, il avait tendance à pencher à gauche. Comme tous les Khans en général, bien sûr, mais on ne traite pas ici des questions physiologiques. D'un strict point de vue politicu, certains Khans penchent plus à gauche que d'autres. La Horde des Bougons était ainsi censée verser le plus de ce côté, ce qui avait rendu ardues les vues d'Oxymoron quand il était devenu son Chef, alors qu'il venait du Palais du Luxe-sans-bourses. Les Bougons-Khans et Xymoron n'étaient pas seuls à pencher ainsi. Les Lippus faisaient de même.

Chez les Chefs Hordus, tous ne penchaient pas de façon identique. Cela compliquait la tâche de Gengiv's et Grand Viz. Quand tout le monde est sur le même bateau, il faut équilibrer et compenser aussi bien roulis que tangage. Pour tenter d'éviter cet affreux tourment qu'est le mal de mer. Le tandem était, sur ce point, très vulnérable. Une simple ballade en chameau mettait Grand Viz en pré-coma. Gengiv's n'était pas plus brillant. Un seul quart d'heure de pédalo sur la petite mer fermée d'Aral le réduisait à l'état végétatif. Depuis qu'ils savaient ce détail, Xymoron et ses acolytes ne l'appelaient plus qu'amiral et lui avaient offert une belle casquette. Cela n'avait pas contribué à améliorer des relations déjà tendues. 007-Khan, question inclinations, était donc plutôt genre fanatique penchant à gauche. Mais on pouvait revoir cela et rester par exemple fanatique tout en se redressant vers le centre. À gauche, il serait concurrencé par Bougons et Lippus. Avec la base, cela se serait bien passé. Mais pas avec les dirigeants.

Donc, à gauche, les perspectives d'avenir n'étaient pas exaltantes. Mais rien ne pressait. Il avait le temps de réfléchir. Actuellement, c'était le calme plat pour les affaires, la routine, après le surmenage lors de la Conquête par Gengiv's. Dans ces périodes, il avait le temps d'aider un peu les Services de 001.

Il y avait aussi ces histoires de fendillements généralisés, ce hâbleur de Tango avec ses minauderies. Pour ouvrir une parenthèse, Fakir ne s'était jamais bien entendu avec ce roi de la piste, venu le concurrencer près des Palpitantes au Grand Babil, en bombant le torse, avec son petit pull col marin qui avait tendance à le boudiner. Bon, on pouvait refermer la parenthèse.

Mais au sujet de ces fendillements, sur le fond, ils avaient une fois de plus botté en touche, avec leur programmation, leurs Commissions, Sous-Commissions. En revanche, sur la forme, ils avaient fait fort. Objectif : impérativement camoufler la réalité ; et pour qu'on n'en parle pas, abrutir et distraire encore plus, par tous moyens. La bonne vieille recette !

Résultat : une série de mesures consternantes, dont il aurait à s'occuper lui-même et avec les Services de 001-Khan.

La première visait le foutth. Avant, on importunait les citoyens des souks, sur un tas de lucarnes et micros, alors qu'on aurait pu concentrer et tout regrouper, pour les passionnés et professionnels. Du moins, ce n'était qu'un seul soir. Ensuite, on était passé insidieusement à deux, puis trois, quatre soirées par semaine. On allait obliger maintenant à étaler ce foutth tous les jours. En plus, on ferait payer de lourdes taxes à ceux qui n'en voudraient pas, comme Empire-Musikh ou Rha-Dioh-Classikh.

Les autres mesures seraient du même ordre. On ne va que les résumer. Flambée des jeux de hasard et racket croissant du malheureux peuple, avec passage à un loto par jour, deux les jours fériés, après accord des Grands Moralisateurs du Parti. Doublement de longueur des Zoroscopes et obligation pour toute gazette d'en publier au moins un. Triplement des courses de chevaux, dromadaires, et lévriers afghans. Multiplication, aux lucarnes-micros, de mouks-al-mierd et de leurs prestations, des bulletins météorologiques, des informations sur les cours des matières premières, actions, obligations, etc.

En outre, il ne fallait pas penser qu'au peuple, mais aussi aux Bobos-Kaviarhs, alliés certes, mais dont il fallait quand même se méfier. On allait multiplier pour eux les Babillages sur tous sujets, dont l'Art Contemporain, bien sûr. Et sur de Grands Thèmes zorbonnards : débats sociologiques, style avantages et inconvénients comparés de la lapidation, de la décollation, ou du pal, avec ou sans raffinements préalables ; etc. De quoi gloser durant des années, en oubliant les fendillements.

Efficaces, d'application facile et immédiate, ces mesures auraient de plus l'avantage de rapporter, pour certaines. 007 avait justement du temps libre en ce moment. Il lui suffirait d'une petite tournée de simples visites de courtoisie aux Grands Directeurs de Casbahs-de-lucarnes-micros, pour transmettre le salam et les meilleures amitiés de Gengiv's et Grand Viz, en tapotant sur son holster. Tous se prosterneraient. Les autres suivraient dans la foulée. Elle n'était pas belle, la vie !

Au Grand Babil, Gengiv's avait fait installer une estrade avec petit trône. De ce perchoir, il pouvait mieux surveiller tous ses Vizirs et Viziresses. 001 et 007 siégeaient l'un à côté de l'autre. Gengiv's avait trouvé pratique cette organisation permettant aux principaux responsables du renseignement d'échanger leurs informations. Mais on avait vite arrêté ce mode de dénomination par double zéro, en le limitant à 007. « Et c'est bien suffisant », avait soupiré Gengiv's, pensant à la difficulté de diriger tous ces Chefs Hordus comme il aurait voulu.

Il y avait, enfin, la Favorite. Penser à elle ou entendre parler d'elle était pour 007 une illumination de l'âme. En restant exclusivement platonique, bien sûr. Il avait estime et admiration pour cette femme qu'il classait parmi les plus remarquables, mais qui en même temps, de façon paradoxale, devait vivre dans des conditions protocolaires pratiques aussi délicates.

Il arrivait à Fakir-007 de fantasmer. Dans la vie, tout le monde fantasme, y compris, et même surtout, ceux que leur métier met au contact des plus dures réalités. En une sorte de repos compensatoire de l'âme. À propos de toutes les houris, de celles paraissant abordables comme des plus inaccessibles, des plus inenvisageables. Et dans le secret le plus absolu, bien sûr. C'est là le propre du fantasme, son grand avantage, pourrait-on dire. Or, à tant faire que de fantasmer, Fakir-007-Khan avait choisi de le faire très haut... Au plus haut... Au sommet.

Les scénarios qu'il préférait restaient conventionnels, avec succession d'épisodes variés mais donc exclusivement virtuels, selon la définition du genre. Il se voyait ainsi provoquant Gengiv's en duel, en lui laissant noblement le choix de l'arme. Cela, parce qu'il ne supportait pas que ce béat continue d'user de ce surnom dont il appelait sa Favorite, surtout en doublant la première syllabe (comme le talentueux mais parfois cruel Émir Al-Oran Gerrah). On ne l'imaginait plus du tout alors en tenue d'apparat, dans la plénitude de sa gloire Impériale, mais en petit boutiquier du souk, crayon sur l'oreille, appelant sa moukère dans l'arrière-boutique pour l'aider à peser des pois chiches.

Si seulement il se fût contenté de se comporter ainsi strictement en privé, dans l'égarement de transports après débats d'idées ponctués d'ébats du lit. Mais non ! Fakir avait entendu user du surnom à plusieurs reprises, dans une audience à laquelle il assistait, où Gengiv's avait discouru devant plusieurs ambassadeurs, dont celui, le plus arrogant, de cette Ibérie où on allait bientôt perdre cette splendide perle de Grenade et son Alhambra. On pouvait être assuré que le récit détaillé de cette audience serait colporté partout, sur fond de castagnettes, jusque sur les gradins des corridas.

Biche ! Un joli nom à condition de ne pas le déformer. Il ne manquait pourtant pas de formulations de substitution : perle suprême, aurore de mes jours, étoile de ma vie, muse de mes fantasmes ; ou encore, à partir même de son prénom, ma Wally du Walhalla, ou plus simplement, ma chère Walkyrie, ma Vally-qui-rit, ma Vallie, enfin voilà. Celle qu'elle aurait elle-même préféré, quoi ! Mais non, même pas ce minimum d'égards. Quand il était ainsi emporté par son indignation sentimentale, 007 aurait embroché Gengiv's à la hallebarde comme un vulgaire poulet de grain. Heureusement pour tous deux ne s'agissait-il que d'un fantasme.

Dans un autre de ses préférés, un peu en rapport avec Grenade et l'Alhambra, il se voyait saluant Gengiv's, devenu roi d'Ibérie, trônant majestueusement, la reine à ses côtés, ainsi que tous les Grands. Fakir portait un pourpoint en madras rutilant ; près de son poignard était fixé à la ceinture un petit bouquet... On imaginait le drame en cinq actes qu'un illustre écrivain ferait de pareil thème six siècles plus tard.

Pendant ce temps-là, comme au théâtre, Gengiv's ne se serait aperçu de rien, obnubilé qu'il aurait été par l'annonce de l'arrivée de ses galions bourrés d'or, dans trois siècles, venant de la grande mer Atlantique, et qui feraient défaillir de bonheur Grand Viz. Lequel, il faut admettre, commençait à fatiguer tout le Grand Babil, avec ses jérémiades sur ses 3 % de déficit, et qui, pour l'or, devrait encore attendre un sacré bout de temps.

Dans une suite du même fantasme, 007 étudiait les meilleurs moyens pour avoir tout de même avec sa passion quelques moments d'intimité. Il y avait alors la variante où on essayait d'envoyer Gengiv's, ce grand chasseur, toujours plus loin. La gazelle du désert, ou le loup de steppe, ça devenait trop monotone. Pourquoi ne pas essayer le tigre de Sibérie ? Un si dangereux animal, en plus. Mais là, bien vite 007 avait secoué la tête. Non, cela, Gengiv's connaissait, et ne se ferait pas avoir. Il avait déjà pratiqué une tigresse pendant trop longtemps.

Enfin, côté gingivalité, 007 n'était pas brillant. Gengiv's le jugeait attentif, mais peu doué. Fakir ne semblait pas en être affecté. Mais comment savoir, avec cet as des services secrets ! Était-il satisfait de ces prestations modestes ou envieux des surdoués de la bande ? Ne pouvait-il être bien meilleur en fait et, comme Tango peut-être, se réservait-il pour l'avenir ?

Tel était Fakir-007-Khan, farouche Chef de Horde de la Garde rapprochée de Gengiv's lui-même.

SHEIRE-KHANE.

Deux Khanes avaient une personnalité remarquable, aussi affirmée, sinon plus, que celle de beaucoup de Khans Hordus.

L'une, Sheire-Khane, avait en outre essayé de conquérir l'Empire et pour cela combattu vaillamment. Mais le sort s'était acharné contre elle. Elle avait échoué là où Gengiv's vaincrait cinq ans plus tard, devenant le Khan Suprême.

Jusque-là, l'exposé de l'histoire était clair et simple. Tout devenait compliqué et surtout très inhabituel quand on entrait dans les détails. Car Sheire-Khane avait été ni plus ni moins la Favorite officieuse du harem de Gengiv's durant de nombreuses années où ils avaient eu plusieurs enfants. Combien ? On ne le dira pas : c'est indiscret. On ne doit pas parler de la vie privée. Sauf en cas d'intrication indissociable avec la vie publique.

Donc, Sheire-Khane essaie de conquérir l'Empire. Elle échoue. Mais que fait alors Gengiv's lors de cette tentative ? Chef d'État-Major au Grand Quartier Général du Parti Hordu, normalement il doit mettre en ordre de bataille les armées des Hordes et donner à Sheire tous les moyens disponibles. Le fait-il, sans restrictions ni réserves ? Seuls sauront le dire, au Tribunal de l'Histoire, les individus ayant vécu cette situation. Resteront toujours doutes et ambiguïtés à ce sujet.

Parallèlement, tous les Chefs de Hordes vont devoir se ranger derrière Sheire-Khane et combattre pour elle. Vont-ils le faire, là encore, sans restrictions ni réserves ? Eh bien, non ! Les historiens l'ont confirmé. Certains Chefs l'ont reconnu, allant jusqu'à s'en vanter. Raisons de leur attitude ? Toujours les mêmes, propres à la nature humaine : jalousie, vexation, envie, et sempiternel machisme de base. Non seulement on ne va pas l'aider, ou on ne le fera qu'au minimum, mais dans son propre camp, on va parsemer son chemin de chausse-trapes.

Le caractère de Sheire-Khane va alors changer. Au début, elle n'avait pu croire en la réalité de pareilles trahisons. Mais petit à petit, elle avait dû admettre. Durant l'ascension de sa carrière au Parti Hordu, elle avait pourtant vécu avec ces éléphants, sans en avoir la ligne bien sûr, – elle était plutôt du genre gazelle, d'une grande beauté. Elle allait vérifier à ses dépens que ces pachydermes peuvent tromper énormément. Elle en aurait bientôt une autre preuve, au Congrès d'une oasis à bulles. L'affreuse prise de conscience de ces trahisons la ferait alors devenir tigresse, d'où son nom de guerre.

Mais les épreuves allaient continuer. Mal conseillée peut-être, trop impulsive, ou n'ayant pas assez écouté les conseils de ses guerriers de base – vis-à-vis desquels elle avait acquis la réputation d'être un peu distante – elle avait pris la décision de venir assiéger une Cité dont le Kaïd, pourtant du même Parti Hordu et apparemment plutôt Sympa-Khan, n'avait pas voulu céder. Sheire-Khane avait dû lever le siège et battre en retraite.

Cela lui avait coûté très cher, car elle avait ainsi perdu la possibilité d'occuper, avec la victoire de Gengiv's, le poste très convoité, qui lui avait été peu ou prou promis, (mais aurait-on tenu parole ?), de Grand Séraskier, au Desterham du Palais-Boubon. (Ce n'était pas ce qui intéressait le plus Sheire-Khane en la circonstance, mais se trouvait là une des plus riches caves de l'Empire, comme au Palais Élyséen et du Luxe-sans-bourses ; pleine des crus des plus célèbres terroirs, d'un coût faramineux payé en totalité par le contribuable du souk). Pour cette Dignitaire Hordue, c'était un nouveau cruel coup du sort.

Mais ce n'était pas fini, et on allait constater une autre intrication des vies publique et privée. Sheire n'était plus, en effet, la Favorite officieuse du harem de Gengiv's. Celui-ci en avait une nouvelle, officieuse également. Or cette dernière, peu en communion de sentiments et d'idées avec la précédente, avait envoyé, de façon immédiatement rapportée, un message de soutien à ce Kaïd qui défendait sa Cité contre Sheire-Khane. Celle-ci avait assimilé cela à un vrai coup de kandjar dans le dos, dont elle rendait responsable la Favorite, et Gengiv's, de façon au moins indirecte. Commentée de diverses manières, l'affaire avait fait un bruit énorme. Cela continuait d'ailleurs et resterait longtemps à l'arrière-plan dans les esprits.

On aura utilisé l'adjectif « officieuse », en l'accolant au titre de Favorite. De fait, aucune n'avait été reconnue de façon officielle par Gengiv's. Pour la première fois, l'Empire était dans une situation protocolaire qui plongeait les responsables dans des affres d'incertitude douloureuse. Voici ce qu'avait écrit sur ce sujet Sheire-Khane à une de ses amies.

«… Tu sais que je n'ai évidemment pas la moindre sympathie pour celle qui m'a succédé, mais je suis tout de même d'accord avec elle pour estimer que Gengiv's est toujours aussi incohérent. (Sic, Sheire dixit). Il prétend ne jurer que par ce qui est partout jugé « normal », mais il place en situation anormale intenable sa Favorite, devenue en théorie la première Dame de l'Empire, et qui n'est pas reconnue comme officielle !

Il ne sait que louvoyer, tout en croyant afficher des airs déterminés. *En trente ans, je ne l'ai jamais vu prendre une décision.* Je viens d'apprendre qu'il est devenu chanoine du Latran ! Te rends-tu compte ! Il devait même prochainement rendre visite dans sa ville au Chef des Infidèles, de ces chacals de roumis félons, à propos de ce canonicat. Je le soupçonne d'avoir tout combiné. Bientôt, il répétera benoîtement qu'il est normal, car un chanoine doit observer le vœu de célibat. Et quid du vœu de chasteté ! À ce sujet, tiens-moi au courant de... ».

D'aucuns qualifieront de futiles bavardages d'araignées du désert de telles considérations, mais elles ont leur intérêt.

Bref, un moment assommée par ces coups du sort, Sheire-Khane avait passé une période difficile. Son vaillant naturel avait repris le dessus, après qu'elle eût fait une lucide analyse de ce qui s'était passé et de ce qu'il ne faudrait surtout pas refaire. Elle avait été aidée, dans sa rédemption, par un long séjour dans un pieux ashram du Bengale. Elle avait passé là des journées extatiques, découvrant un jeu solitaire qu'elle avait peaufiné au fil du temps. Il consistait à inventer chaque jour un nouveau supplice, qu'elle infligerait à sa rivale quand l'occasion en serait donnée. Elle avait par le menu tout reporté sur un carnet secret, dont même 001-Khan ignorait l'existence.

Elle était satisfaite de sa nouvelle trouvaille : inoculation insidieuse massive d'un allergène puissant de la cacahuète, avec garantie de pustules fétides généralisées sur corps et visage durant plus de deux mois. Mais cela restait un peu de la même veine que la dernière, avec imprégnation de testostérohn à dose aussi massive, entraînant calvitie et barbe drue en quelques semaines. La précédente était plus raffinée : enfermement dans un Palais avec choix illimité de robes et ensembles de rêve, et alternativement, absence de miroir, ou bien mise à disposition exclusive de glaces déformantes transformant toute sylphide en une masse de deux quintaux. Et ainsi de suite, ad libitum.

Pour étendre à l'étranger sa notoriété nationale, Sheire était devenue vice-présidente de l'Internationale Hordue. Elle voyageait ainsi beaucoup, en multipliant le nombre de ses admirateurs, séduits par sa beauté encore rayonnante. Elle s'était mondialisée, dans sa façon de parler, s'habiller, de danser, et de se maquiller même, avec parfois surma indien sur les sourcils, sans aller jusqu'au missi sur les dents.

Mais ceux qui la connaissaient bien savaient que son rêve favori restait de faire un jour un retour triomphal. Ce serait la grande revanche... Avec menu gastronomique...

En hors-d'œuvre, tigresse blessée déchaînée, elle sauterait sur l'échine de quelques éléphants de sa connaissance, devenus amortis, et leur déchiquetterait la trompe avec la violence des antiques guerrières Amazones des bords de la mer Noire.

Puis viendrait le plat principal : une arrivée sur le mode Cléopâtre, trônant en haut d'un énorme char traîné par six cents esclaves. À son côté, l'Émir Al-Burton, à la fois Rich et Hard, « lui, » susurrerait-elle avec cruauté. À l'avant du char, au pied des marches menant à son trône : une cage... Dans cette cage : un certain Gengiv's, et sa Favorite actuelle, couverts de chaînes.

Quant au dessert, elle avait une idée bien précise. Mais ceci la regardait elle seule.

Restait à évoquer la gingivalité... En vérité, le problème n'avait jamais existé pour Sheire-Khane. Car elle maîtrisait de façon innée toutes les variétés de rire ou de sourire : éclatant, séducteur, provocant, moqueur, conquérant, ironique...

C'était ce qui avait perturbé Gengiv's. Car pour Sheire, ne se produisait pas le phénomène constaté chez lui-même. L'éclat de la denture, en effet, qui caractérisait la gingivalité, devenait tel qu'il atténuait celui du regard. Effet de concurrence ? Peut-être aussi excès de concentration, avait hasardé l'entourage.

Incontestablement, à l'acmé de sa gingivalisation, il avait l'œil fixe et plutôt vague, pour ne pas dire éteint. On avait bien proposé des subterfuges, ainsi de plisser un peu les paupières, ce qui en outre lui aurait donné l'air rusé. Mais las ! Cette dominante « vues absentes » avait persisté.

Aussi, après qu'eussent été tant louangées, dans les débuts, la vive acuité et l'intelligence de son regard, ne commençait-on pas à murmurer qu'il semblait plutôt devenu l'homme aux vues absentes, alors que le titre d'expert aux vues lointaines lui avait déjà échappé. Décidément, il était des jours où Gengiv's pouvait penser que la vie était bien dure en ce bas monde pour les gens méritants comme lui.

En contraste, telle était Sheire-Khane, farouche Chef de Horde de la Garde rapprochée de Gengiv's lui-même.

SCHAHRAZADE-BIS-KHANE, OU SCHAH-SCHAH, OU SCHAH-BIS.

Schahrazade-bis-Khane était une autre personnalité qui aurait pu aussi prétendre aux très hauts postes, mais ne voulait entendre parler de ceux qu'elle avait déjà occupés. Les deux seuls qui lui auraient plu étaient pris ; enfin, pour le moment.

Sa capacité remarquable à conter des histoires (elle avait perfectionné ce don quand elle avait dirigé un temps le Parti Hordu) lui avait valu ce nom, flatteur, de Scharazade-bis-Khane, qui souvent était abrégé en Schah-Schah ou Schah-bis.

Elle avait été, et demeurait, une fort belle houri malgré les outrages inévitables de l'âge. Son portrait officiel, en caftan de satin chinois, était connu de tous. Sa récente intervention à un

Congrès avait causé la plus grosse impression chez les plus testostérohneux des Chefs Hordus. Elle était apparue en tunique chatoyante à dominante zinzolin, avec ces pantalons serrés, genre sarouals, mais moins bouffants, comme les portaient les élégantes de Babylone, à la mode de Perse, et qui étaient de la couleur du turban de Gengiv's. Elle avait joint à l'ensemble un litham symbolique, de pure coquetterie, en fine dentelle, qu'elle avait retiré de façon troublante, à la tribune, avant de prendre la parole. Son maquillage, ce jour-là, était parfait. Elle en usait, que ce soit du khôl aux yeux ou du nard dans les cheveux, avec grande fantaisie. Cela, pour cultiver un côté énigmatique.

À ce Congrès assistait aussi Sheire-Khane qui avait failli craquer, devant le succès remporté par l'éternelle rivale. C'était d'autant plus irritant qu'elle avait justement eu l'intention d'être elle-même en zinzolin, avec sarong la moulant divinement, et un caraco jaune dernier cri, en parfaite couleur complémentaire. Mais son couturier avait conseillé un autre ensemble. Si elle avait suivi son inspiration initiale à elle, étant arrivée la première elle aurait doublé Schah-bis qui aurait bien moins zinzoliné. La journée démarrait mal. Et elle allait devoir faire la bise à la chère amie en semblant ruisseler de bonheur, sous des regards disséquant le moindre détail ; car chacun devait afficher un air ravi en ce beau Parti Hordu qui eût pu s'appeler Crabu. Alors que le bonheur aurait été de larder de coups d'aiguilles d'acupuncture, les plus longues et acérées, le gras de cuisse de la rivale. (Scénario valable, bien sûr, avec réciprocité totale).

Schah-bis-Khane avait été amenée à prendre du recul, ou pour tout dire, de la hauteur par rapport aux préoccupations quotidiennes si ordinaires de la plupart des Dignitaires Hordus. Elle venait d'être Chef d'État-Major au Grand Quartier Général du Parti. Elle avait donc aidé, quant à elle avec loyauté, à la Conquête de l'Empire par Gengiv's. Maintenant que le plus gros de la tâche avait été accompli, elle souhaitait être en retrait.

Elle avait placé à ce poste, pour la remplacer, un Chef de Horde réputé sectaire, qui avait beaucoup de casseroles à son dromadaire, et qui avait dû être trop content de pouvoir accéder à un tel niveau. Il avait le mérite d'être hostile aux kumuls. Elle gardait ainsi un informateur, et un appui, en théorie au moins, dans ce milieu aux retournements d'alliances permanents.

Mais elle n'était pas d'accord avec ce qui se passait, sur un certain nombre de points. Elle s'était certes toujours bagarrée avec Sheire, et certains combats avaient été particulièrement déloyaux, avec truquages énormes de guerriers militants de sa Province septentrionale. Mais elle n'avait jamais participé personnellement à ces manœuvres, même si elle en avait bénéficié directement. Cela se passait partout de la même façon. Dans son propre camp foisonnaient des tricheurs Hordus, qui par ailleurs clamaient être champions de morale et de justice.

Elle avait eu elle-même deux formations parallèles. L'une, au Parti, qui n'avait certes pas été la meilleure, question morale justement, mais qui lui avait appris la politiciennerie. L'autre formation avait été celle de son propre père, un Sage et un Chef d'une autre époque, qui était allé jusqu'à refuser d'être Khan Suprême, car il n'acceptait pas de composer avec la magouille. En fin de compte, elle était partagée entre les idéaux de ce père qu'elle estimait et respectait, et les réalités du monde politicu.

Elle avait été correcte avec ses collègues. Le simple exemple de l'affaire des 35 heures, qui avait été si célèbre, pouvait en témoigner. C'était Valseur-Khan qui en réalité avait tout décidé, dont les meddiahs avaient fait ensuite un soi-disant grand économiste. Elle-même était plutôt opposée. Mais par la suite, elle avait défendu sans faillir les instructions de Valseur. Par correction et par principe. Elle était ainsi.

Pour revenir à Sheire, qui n'était certes pas son amie de cœur, Schah-Schah admettait que le sort de celle-ci n'était pas satisfaisant, pas plus que celui de la Favorite. Cela était de la faute de Gengiv's. On comprenait mal sa façon de gérer ses compagnes dont, disait-on, il n'avait pas manqué en sa jeunesse. On parlait d'une lampe d'Aladin et d'un Génie. Gengiv's, d'une simple ficelle, aurait à volonté pu faire une corde tendue sur laquelle, avec effets de muscles, il grimpait à l'équerre au-dessus des plus hauts murs. À Hémédénabab même, diverses aventures avaient défrayé la chronique. Là, Gengiv's n'avait pas dû être concerné, en fait. Cela, c'était le passé. Les abdominaux étaient devenus adipeux, les biceps avaient fondu.

Mais les problèmes protocolaires demeuraient. Ça l'avançait à quoi de ne pas officialiser ses Favorites ? Il croyait peut-être que toutes les houris de l'Empire focalisaient sur lui et n'auraient pas accepté qu'il se fixât officiellement ! « Il devait avoir un truc, avait estimé Schah. Personnellement, je n'aurais jamais craqué. Pas mon genre. Idem pour Grand Viz, au passage. Il serait devenu pantouflard aussi, celui-là, et porté sur les charentaises. Encore une rumeur ? En fait, qui se ressemble s'assemble : ils doivent maintenant être aussi peu glandus l'un que l'autre, nos deux héros. Pépère le Mou et Papy le Preux.

Beau tandem ! Gengiv's est en plus un fourbe, car c'est à moi qu'il aurait dû proposer le poste de Grand Vizir ».

Un des gros problèmes actuels, dont ils allaient essayer de tout faire pour qu'on en parle le moins possible, était bien cette histoire de fendillement de la Tour-Minaret, avec tout ce que cela impliquait. Schah-Schah avait analysé les aspects de cette sombre affaire. Elle en avait discuté avec 007. Ils avaient aussi parlé de Tango, mal remis de sa réunion interministérielle. Temporairement dépressif (?), il s'était étrangement enfermé dans le jardin de son Vizirat, riche en variétés de ketmies et hibiscus, pour y écrire des poèmes en fumant des chibouks ! Il avait peut-être suçoté trop de nafés. Enfin, rien à voir avec la veine poétique de Hélédéjà. On était dans du très classique. 007 avait fait lire à Schah un quatrain et un dizain de Tango. C'était étonnant ! Grand Viz s'était flatté d'avoir fait un gouvernement de guerriers. Il héritait d'un cénacle de poètes. À ce rythme, Tango allait se mettre à rêver de la Gagadémie, sur la trace de Gipoga. Selon les rumeurs récentes, il envisageait de rejoindre une caravane de Bédouins et de se retirer dans le désert, en ermite, pour y faire pénitence dans l'extase de la prière.

En ce qui la concernait, Schah-bis commençait à éprouver ennui et fatigue quant à tout cela et souhaitait pouvoir réfléchir, dans le calme, comme le lui avait conseillé son père à plusieurs reprises. Du train où allaient les choses, elle pensait de plus en plus que l'on aurait tôt ou tard besoin d'un recours. Alors, elle serait là. Pour le moment elle était à saturation. Elle était lasse.

Lasse de ces palabres, de ces discours que ces politicu auraient pu refaire à l'envers à même vitesse en dormant. Lasse des tergiversations, de ces comédies et intrigues de Palais, de ce double ou triple jeu permanent, de ces manœuvres, querelles, promesses dans le vide. Lasse de ces jeunes e-narques, qui protestaient de leur loyauté mais rêvaient de ravir sa place, qui ignoraient tout de la vie réelle. Lasse de ces salams et tapes amicales dans le dos. Bref, Schaharazade-bis avait besoin de se ressourcer, en sa belle Province, ou ailleurs.

Quant à la gingivalité, il en était comme pour Sheire. Les houris usent de cet artifice instinctivement. Elle blâmait donc cette outrecuidante prétention de Gengiv's à aller au-delà du naturel et s'amusait à le caricaturer, sans que ce dernier s'en aperçoive. Aussi Schah, dont la perversité était ainsi dévoilée aux yeux des intimes de Gengiv's, n'était-elle pas, au sérail ou au harem, en odeur de sainteté. Ce dont elle n'avait cure.

Telle était Schahrazade-bis-Khane, farouche Chef de Horde de la Garde rapprochée de Gengiv's lui-même.

QUATRIÈME PARTIE

Le Kief. Le cauchemar de Gengiv's.

Après les audiences du matin, Gengiv's avait rejoint sa Garde rapprochée, avec qui il devait déjeuner. Le repas fut animé, les conversations portant notamment sur le commerce des souks, qui allait mal. La réunion du Conseil débuterait plus tard, après l'indispensable kief. Chacun s'était donc retiré dans ses quartiers, qui pour fumer un narguilé, voire un peu de kif, qui pour boire un thé à la menthe et déguster quelques dés de kumquats confits, parfaits pour la digestion avant de dormir.

Ce ne fut donc pas pendant *l'horreur d'une profonde nuit* que se déroula cet événement important, mais en plein kief. La chaleur était accablante. Gengiv's s'endormit aussitôt. Il était sur le dos et se mit à ronfler. Insensiblement ses ronflements devinrent un bourdonnement continu dont il réalisa, sans autre forme d'étonnement, qu'il était dû aux battements de ses élytres et au bruit du vent le long des nervures de ses ailes.

Car Gengiv's était devenu un monstrueux bourdon derrière qui vrombissait Grand Viz, (un peu plus petit, étiquette oblige), en grande forme et content de prendre l'air. Suivaient treize Chefs, devenus eux aussi bourdons de taille humaine, disposés, comme les oies sauvages, en formation en V à pointe antérieure centrée sur Viz. L'aile droite incluant Tonduk, Antiquus, Grisbi, Xymoron, et 007 fermant le vol ; l'aile gauche avec Star, Amer, Joyeux, Tango, et 001 fermant de même. Au centre du V, bourdonnait un petit triangle isocèle emmené par Schah-Schah, Hélédéjà et Sheire étant sur les ailes.

Gengiv's avait exigé un protocole de vol d'entraînement, à vitesse réduite. Étaient exclues les figures compliquées que Grand Viz ambitionnait d'enchaîner, qui impliquaient un trop grand risque de crash. Comme on avait garanti un ciel parfait, il avait décidé de bourdonner en tête du V. En temps normal, pour peu qu'il y eût eu des nuages, surtout en forme de mines, on volait en formation classique : triangle des Khanes bien déployé devant, et tous les Khans à distance derrière, en file indienne.

Gengiv's restait un Guerrier. Sa dernière expédition avait été un succès (honni soit qui Mali pense) et il songeait déjà à la prochaine. Il aimait ces rares moments où il pouvait ainsi parader à la tête de ses Khans, comme les Grands Conquérants d'autrefois. Il avait lu la traduction de textes anciens écrits en boustrophédon, où étaient relatés les exploits de ces héros. Mais il y était précisé qu'il n'y avait pas, alors, de tueries entre armées adverses : on réglait tout par le combat des Chefs.

Là, Gengiv's avait eu un haut-le-corps, et décrété que du boustrophédon émanaient peut-être des effluves d'authenticité certaine, mais qu'à y réfléchir, il préférait s'en tenir au latin et à Tite-Live, nettement plus cosy. Car, le combat des Chefs, très peu pour lui ! D'abord, parce qu'il avait pris trop de ventre ces derniers temps. Ensuite, eh bien, parce que ce combat de Chefs, c'était de la folie furieuse, si on voulait savoir.

Ça ne se faisait plus depuis une éternité. Les collègues des siècles passés auraient confirmé, s'ils avaient pu le faire. Et les contemporains seraient certainement tous d'accord aussi, on pouvait leur demander. Si Gengiv's l'avait souhaité, Grisbi aurait pu préciser, avec moue sublime. « Ce qui est valable, ce sont les Grandes Guerres, avec millions de morts. Le combat de Chefs, le combat singulier, c'est insignifiant, pour l'économie des Khans et ce qui va avec. Et c'est démodé depuis longtemps. Les Chefs, ça reste à l'abri ». Gengiv's aurait fortement opiné.

L'escadrille (nom de bar qui serait à la mode dans sept siècles) filait plein nord. On aperçut bientôt sur la gauche un immense minaret. Le vol obliqua à l'ouest, pour arriver sur l'objectif soleil dans le dos. Mais on aperçut vite, sur le sommet, de nombreux guetteurs donnant l'alarme. Alors que tout en bas s'égosillaient dans les jardins paons et paonnes de Moustachu-Khan, dont on pouvait se demander ce qu'il venait faire là.

Une volée de flèches fut alors tirée par les guetteurs. Les bourdons étant hors de portée, les flèches retombèrent au sol, faisant un carnage des pensionnaires de Moustachu. Les voyant agoniser, Hélédéjà avait affiché un sourire sardonique. L'affaire était en tout cas mal engagée. Attaquer en plein kief n'avait servi de rien. Il aurait fallu investir la tour par le bas, non par le sommet, et avant l'aube. Pour l'effet de surprise, c'était raté.

Soudain, il y eut comme une onde de choc avec fort claquement de bec à droite, près de Grisbi : coup de semonce du monstrueux toucan qui venait de se poser sur le minaret avec intention d'attaquer à court terme. Car les toucans adorent les bourdons ; il faut entendre par là qu'ils adorent les gober.

La situation fut analysée en une seconde par Gengiv's Grand Stratège qui avait fait, outre l'ÉNA, l'École d'État-Major de Guerre d'Ourga (Oulan-Bator par la suite) d'où il était sorti décoré de l'Ordre du Grand Dragon Dodu de Mongolie. Il vérifia sur son pectoral gauche si ses décorations n'avaient pas été trop secouées. Le gros toucan, bien décidé à se taper ces bourdons dont il était si friand, eut l'extrême tort d'un peu trop se concentrer avant d'agir. Car Gengiv's décida dans l'instant qu'il urgeait de déguerpir et déclencha l'alarme. « Retraite ; et rendez-vous au point G », avait simultanément intimé 007, sur le ton le plus neutre, pour éviter toute panique.

Le vol de bourdons, ayant repris la formation en V, était laborieusement passé de V en I, de I en T, et de T en H, pour désarçonner l'ennemi, mais en serrant les fesses, vu le manque d'entraînement, et avec prise de conscience aiguë qu'il n'est, au fond, pas mieux de se crasher que de terminer dans le gésier d'un toucan affamé. Lequel, intéressé par le spectacle, marqua une pause fatale à son alimentation en protéines fraîches. Car la Horde abandonna les formations à la Viz et s'égaya en toutes directions. Ce que voyant, le toucan dépité, qui avait déjà ouvert le bec, feignit de bailler d'un air indifférent, dans la crainte qu'un quidam eût remarqué la scène et entrepris de se moquer.

Sitôt ordonnée la dispersion, le triangle des trois Khanes fut en situation critique. Elles regrettèrent amèrement de ne pas avoir écouté les consignes au départ, accaparées qu'elles avaient été par leur conversation beaucoup plus passionnante que les considérations oiseuses de 007 sur le point G (Gonio-représentation du point d'intersection défini par 41°30' de latitude nord et 68°20' de longitude est).

En pareille situation de sauve-qui-peut, le chacun-pour-soi

revient en force. Plus jeune, et idéologiquement différente, Hélédéjà abandonna ses compagnes médusées. Elles aperçurent heureusement Amer qui, essoufflé, bourdonnait plus lentement. Elles le suivirent et retrouvèrent toute la bande, sauf Hélédéjà qui avait donc préféré se la jouer perso.

Et sauf Xymoron, reparti au sol, du fait de sa délicatesse naturelle qui lui dictait d'aller à l'inhumation des infortunés paons et paonnes de Moustachu. Celui-ci, la moustache en sursis mais aussi en berne, et le cœur bien gros, ne pouvait qu'avoir besoin d'être entouré de l'affection de vrais amis, peu nombreux dans les épreuves. Xymoron avait donc décidé de quitter le cauchemar, au programme pourtant intéressant, et avait civilement pris congé de Gengiv's, alors qu'ils se détestaient. Lequel, du coup, l'avait prié d'acheter pour les paons une couronne qu'il lui rembourserait par la suite.

Hélédéjà avait eu tort car l'angoisse la prit. Elle bourdonna à perdre haleine pour se réfugier de l'autre côté du minaret, hors de la vue du toucan. Il était devenu exclu qu'elle retrouve le point G, et elle ne fut pas longtemps obsédée par cette question. Car elle venait de trouver son salut, sous forme d'une sorte d'une niche pouvant servir d'abri, dans la paroi de la Tour-Minaret, d'où émanait en plus une odeur délicieuse de miel. Elle y découvrit un nid, déserté par les abeilles parties à la plage se baigner, comme expliqué sur un mot laissé à l'intention d'un frelon de leurs amis. Les émotions, ça creuse. Sans barguigner, elle entreprit de dévorer le miel. Elle ne put terminer et s'arrêta, rassasiée, au bord de l'écœurement.

Elle se réveilla, la bouche pâteuse, avec une soif comme seuls l'ont connue ceux qui ont traversé le désert du Taklamakan à la recherche du Lob Nor. Tout était calme. Elle se leva, but trois tasses de thé à la menthe et se recoucha. Ainsi sortit Hélédéjà du cauchemar de Gengiv's.

Au même moment, celui-ci décréta que la vie de bourdon, c'était encore pire que la vie de Khan que mène un Chef de Horde. Tous enlevèrent leur tenue à bandes jaunes et noires. Pour se retrouver au premier rang d'un immense amphithéâtre, face à une grande scène, assis dans de confortables fauteuils.

L'amphithéâtre était bondé d'auditeurs ovationnant des orateurs se succédant toutes les cinq minutes. On était au milieu d'un Grand Congrès dont le thème s'affichait en lettres énormes : *À la gloire de Gengiv's, notre Grand Khan bien-aimé.*

On avait annoncé un entracte. Un orchestre s'était installé sur la scène, où étaient apparus Grisbi et Tonduk, parlant à un inconnu, qui n'était autre que le réalisateur du cauchemar. Celui-ci leur suggérait, ni plus ni moins, de faire, masqués, devant les militants, une compétition qualifiée par lui de danse du nombril ! Indignés, les deux amis protestaient, bien sûr. Souriant, le réalisateur rétorquait qu'il ne fallait pas prendre sa proposition au premier degré. Elle était purement symbolique.

Il ajoutait qu'il avait bien d'autres projets aussi étranges mais qu'on l'empêchait de les réaliser. « C'est pour montrer que tout est interchangeable, et que les cimetières sont bondés de gens, tels les politiciens, prétendus irremplaçables. On peut en parler », avait-il proposé. Gengiv's avait acquiescé et tous étaient sortis discuter, sauf Sheire et Schah, restées à l'intérieur.

L'entracte étant court, le petit groupe s'était peu éloigné. En revenant vers l'amphithéâtre, tous purent entendre le bruit d'une foule en liesse, avec orchestre déchaîné où dominaient tambours, ouds et flûtes stridentes, renforcées de youyous. Les compagnons de Gengiv's, parvenus à l'entrée, virent alors ce qui se passait. Leurs yeux s'écarquillèrent de stupeur.

Durant l'entracte, une grande partie du public de fanns Hordus étaient restés à l'intérieur. Les musiciens jouaient en sourdine. Le public les avait encouragés. L'orchestre s'était alors emballé, comme un pur-sang d'Arabie. Des houris s'étaient mises à danser, montant sur la scène. Deux s'étaient détachées du lot, par la qualité de leurs prestations. Elles dansaient seules maintenant, l'amphithéâtre vibrant à l'unisson. Tout en essayant de regagner leurs places à travers la foule en fièvre, les Chefs de Hordes et Gengiv's, sidérés, avaient pu les identifier. De la façon la plus inimaginable, il s'agissait de Sheire et Schah !

Après avoir évolué en solo, en alternance, elles dansaient maintenant ensemble, face à la foule en délire. Parfaitement synchrones, avec superbe technique, chacune néanmoins dans son style propre. Schah, plus concentrée, avec la plus extrême expressivité du visage à la moindre variation du rythme, et Sheire dans une sorte de sauvagerie débridée et joyeuse. Avec ardeur identique et déhanchements de la plus extraordinaire virtuosité… Elles finirent par s'arrêter, épuisées. Gengiv's eut alors une illumination : il fallait programmer la danse du ventre pour les Congrès. Il pensait aussi au Babil, et aux Palpitantes. Ce serait parfait, question comm et sondages.

Absorbé, emporté par le rythme, il claqua des doigts. Il avait oublié que c'était le geste à faire pour changer d'ambiance.

Il se retrouva dans une cour d'école, à la fin d'un chaud printemps où flottait déjà dans l'air une capiteuse odeur de foins. Il avait les traits de son vieil instituteur, surveillant la récréation. Tous les acteurs précédents étaient rassemblés.

Star-Star, Amer et Joyeux se querellaient, après une partie de billes. Tonduk et Grisbi, avec la chevelure de leurs neuf ans, proposaient des échanges. Antiquus exhibait alors de rares billes anciennes, en bronze ou porcelaine, don de son grand-père. Fakir et Zéphyr discutaient avec mines de conspirateurs, à l'ombre du gros tilleul de l'entrée. Viz et Tango faisaient les cent pas, affichant une condescendance amusée à l'égard des joueurs de billes, et rêvant à des projets qui ne verraient jamais le jour. Quant à Sheire et Schah, elles se reposaient d'une séance de marelle, en armistice temporaire, avant le prochain crêpage de cheveux, qui serait ponctué de cris perçants, avec griffades sournoises. Ayant quitté les joueurs de billes, Grisbi musardait, l'air innocent, venant d'avoir attrapé les derniers hannetons de la saison, qu'il allait introduire sous les nattes des deux filles. Leurs protestations marqueraient la fin de la récréation, dont il était déjà l'heure.

Il y avait dans l'air une extrême douceur, dont Gengiv's voulut profiter encore un peu. Il éprouvait comme une immense tristesse, conscient qu'il était de l'avenir de ce petit groupe, en matière notamment d'ego forcenés, de folie furieuse du pouvoir et de vies gâchées pour de si stupides et vaines ambitions…

C'est presque en tremblant qu'il se décida à claquer des doigts. Il se retrouva seul, avec Star, dans un cadre très différent. À mi-hauteur d'un immeuble dominant une grande place.

Star regarda dehors et vit une énorme foule d'où venaient des clameurs. Tous le regardaient. C'était la gloire sportive. La foule réclamait son idohl, dont elle avait appris la présence, le champion de koulnitchah, lutte dérivée de la gréco-romaine, aussi populaire que le foutth et le bouzkachi. Devant Gengiv's sidéré, l'idohl, c'était Star lui-même, devenu compétiteur saluant ses fanns, torse nu, en culotte de peau, et faisant une déclaration pour remercier la koulnitchah de ce qu'elle lui avait apporté. Puis il descendit prendre un bain de foule et distribuer de ses poils, selon la tradition des lutteurs de l'époque.

Gengiv's était très troublé par cette découverte de la gloire sportive. Bien supérieure à la gloire politicu ! Jamais ses Hordus militants les plus fanns n'auraient fait la queue pour recueillir, telle une relique, un de ses poils à lui, Grand Khan Suprême... Ne s'était-il pas tragiquement trompé ? N'aurait-il pas dû plutôt être champion de koulnitchah et caracoler en tête des sondages ! Il se serait entraîné chez les Sumos, où il aurait pu se gaver de loukoums. Biche ne l'aurait pas gonflé avec ses régimes. Ce bilan lucide donnait de quoi faire déprimer sur mode aigu.

Quand il descendit sur la place, la foule s'était dispersée. Il était seul et se sentait las. Soudain, il se figea et, aussi brutale que le vent des sables, la peur s'installa : dans le plus grand silence, partout à la fois étaient apparues des bulles translucides, comme on fait avec du savon liquide, qui devinrent de grands yeux au regard accusateur. Il se mit à courir, au hasard des rues, suivi par tous ces yeux. Hors d'haleine, il dévala un long escalier et arriva dans une grande cave voûtée, comme il avait pu en voir dans les catacombes de Boukhara.

Autour d'une table ronde étaient assis les Chefs Hordus, tous réapparus. Ces yeux étranges, qui l'avaient suivi, évoluaient partout, tels des hippocampes, sur fond de mélopée lente, dans une ambiance Mille et Une Nuits, avec odeur d'épices et encens. Soudain, têtes et silhouettes disparurent. Il ne resta sur la table que des squelettes de mâchoires, qui se brisèrent en mille fragments, et un grand feuillet blanc apparu là subitement, avec une colonne de noms, tous rayés. Figuraient sur la dernière ligne deux mots, raturés également : Civilisation gingivale.

Alors Gengiv's, pour la première fois depuis qu'il dirigeait ses Hordes, courba la tête, éprouvant un sentiment inconnu, qu'il n'avait jamais ressenti. Cela ressemblait peut-être à ces fameux remords, dont il avait entendu parler. À ce moment même, tous ensemble, les yeux s'immobilisèrent, ébauchant l'esquisse d'un sourire d'encouragement et d'espoir. Puis disparurent. Il entrevit alors clairement le visage du vieux mage astrologue, avec même genre de sourire, peut-être aussi ébauche d'un ricanement.

Et le cauchemar cessa.

On retrouva Gengiv's à deux mètres de son lit, entortillé dans un kilim, les cheveux ébouriffés, mais les traits apaisés, comme ils ne l'avaient pas été depuis des lustres.

ÉPILOGUE

Le dénouement.

C'est le Chef des Eunuques, qui venant réveiller Gengiv's, le découvrit gisant sur le sol. Il fit installer le Grand Khan sur un lit de repos et prévenir la Favorite. Celle-ci accourut, fort inquiète. Elle appliqua sur les poignets et le front de Gengiv's des linges fins, imbibés de sandal et d'essence volatile de roses.

La Favorite était une des plus belles houris de l'Empire, ressemblant à ces princesses assyriennes dont on voit le profil sur les bas-reliefs et les obélisques. Elle avait d'ailleurs relancé la mode de leurs coiffures qui lui seyaient si bien. Cette appellation de « La Favorite », utilisée d'abord par ses proches, s'était généralisée, sans connotation péjorative ou ironique. Il était devenu courant de l'appeler ainsi, et non par le titre classique de Sultane Régnante, ou encore de Première Dame de l'Empire. Elle eût préféré une appellation plus personnalisée, un diminutif de son prénom, par exemple. Mais il en était ainsi. Ce qu'elle détestait était ce surnom dont Gengiv's aurait pu à la rigueur user quand ils étaient seuls, mais jamais devant témoins.

Elle avait aussitôt fait informer Grand Viz, qui présiderait donc la séance du Conseil, en l'absence du Khan Suprême.

Puis elle s'était installée au chevet de Gengiv's, qui se remettait de ce cauchemar ayant perturbé son kief. Les rêves concentrent des milliers d'images. D'importants fragments semblaient revenir en mémoire. Quand Gengiv's lui raconta la fin, dont il se souvenait le mieux, elle conçut le plus grand espoir. Elle manda en urgence son astrologue Kalmouke, experte en l'art du sable divinatoire, qui préparait ses philtres et n'avait de rivale pour interpréter les rêves. Alternaient phases de somnolence et d'éveil. Une remarque avait plongé la Favorite dans un étonnement extrême, tant on pouvait douter d'un tel changement dans l'esprit du Khan Suprême. Un rideau opaque semblait s'ouvrir. Elle aurait tellement souhaité que Gengiv's laisse pour les siècles futurs l'image d'un Grand Khalife.

Son astrologue étudiait les apports du cauchemar, jugés très significatifs. Plusieurs symboles étaient déjà discernables, contrastés, ce qui faisait alterner chez la Favorite, tantôt une félicité proche de celle qu'apporte la contemplation émerveillée des astres lumineux, tantôt les tourments d'une désespérance ainsi qu'après apparition de malveillants éfrits. Un espoir se dessinait, toutefois, d'un avenir radieux sur des bases nouvelles.

À y réfléchir, la Favorite n'avait pas une position si enviable que cela. En sa situation, elle ne pouvait qu'être l'objet de critiques, motivées par l'envie et la plus basse jalousie. Ainsi en était-il déjà du propre milieu des meddiahs, dont elle était originaire, qui était lui-même miné par des rivalités et malveillances en tous genres. Or elle avait réussi, sans relations, sans appuis particuliers, à conquérir une place estimable. Le fait d'être devenue la Favorite changeait paradoxalement la donne.

Ce n'était pas plus simple dans ce monde politicu où son nouveau statut venait de la propulser. Ceci notamment à cause de toutes celles et ceux qui y prospéraient. Au terme d'une course d'obstacles où il a fallu se montrer impitoyable, tigres et tigresses n'éprouvent pas la moindre mansuétude pour la brebis admise à vivre dans les pâturages suprêmes par la seule grâce du Grand Berger. En ce milieu politicien « normal » aux ego sur-dimensionnés et imbu des peaux d'âne collectées par la seule mémoire, en ce milieu régi par les coups les plus tordus, à obsession pathologique du pouvoir, et accessoirement à adducteurs hyper-laxes, avoir de vraies amis/ies est impossible.

La situation se compliquait ici d'autant plus que, de façon incompréhensible pour la population, Gengiv's, au lieu d'offrir du moins à sa Favorite une légitimité normale, l'avait mise au contraire dans un statut anormal. Heureusement, elle lui était dévouée et avait décidé de ne pas juger sa façon de procéder.

Pour autant, elle n'était pas femme à rester passive et, par exemple, à le laisser accumuler les erreurs à cause des piètres conseils de ses soi-disant experts. Bien que non habilitée à gérer les affaires, elle les connaissait et avait un grand bon sens. Ce changement apparent du mental de Gengiv's après ce cauchemar était un don inespéré de la Providence. Dans la catastrophique situation économique actuelle, il fallait trouver piastres et besants sans spolier davantage le peuple des campagnes et des souks. Pour cela, elle avait des solutions, qui ne pourraient être développées toutes ensemble, à cause des oppositions qu'elles susciteraient, mais en agissant progressivement avec méthode.

Tout d'abord s'imposaient les mesures qui auraient dû être prises depuis longtemps. La suppression du Palais du Luxe-sans-bourses, pour commencer. Le Parti y avait casé nombre de ses propres amis, qui hurleraient tels des écorchés, avec totale mauvaise foi. Mais leur cause n'était pas défendable. Le peuple approuverait à 100 % après que lui ait été apportée une information claire, non mensongère. Un nombre croissant de Nations supprimaient ces Institutions ruineuses et superflues.

Les Hommes d'État valables du dernier siècle pouvaient être comptés sur les doigts d'une main. Figuraient parmi eux le Général premier Shogun de la Dynastie Khong et l'ancien Grand Vizir Khan-de-Ré, l'un et l'autre évincés par des politiciens ignobles. Or ces deux Dirigeants, de bords opposés, avaient justement souhaité supprimer ce nuisible Luxe-sans-bourses. Palais Élyséen et Boubon suffisaient largement. L'avantage pour Gengiv's serait triple : financier, avec économies énormes ; de popularité immédiate, avec forte remontée dans les sondages ; enfin, de prestige historique, pour les générations futures.

Ensuite, elle dirait ses propres idées de réformes, une par une, au fur et à mesure de leur réalisation avec succès.

Elle ne se laisserait pas dominer. C'était à elle seule qu'elle devait le chemin jusque-là parcouru. Lucide, elle savait que penser de ces courtisans qui la détestaient et lui faisaient force courbettes, tout en espérant de sa part des erreurs qu'ils s'empresseraient de colporter en les magnifiant.

La chaleur restait forte. Elle s'éventa et but deux gorgées d'eau de roses. Gengiv's dormait, paisible. Paradoxalement, ce kief semblait l'avoir épuisé… Elle-même se sentait somnolente.

À ce moment de sa narration, le conteur hésita. Il n'était pas, quant à lui, tenu au travail de nuit, ni obligé de respecter un horaire. Il était un peu las. Il pensa qu'il allait faire comme Schahrazade le matin au lever du jour, autrement dit, se taire. On verrait, pour la suite…

Tel était le quotidien, sous le joug des Hordes Hordues, dans l'Empire de Gengiv's, le Grand Khan Suprême. Ce conte relevait-il du mirage ? Ce qu'il relatait n'était-il pas, au fond, bien dérisoire ? Dans moins d'un siècle, ses protagonistes seraient tous disparus… Et la vie continuerait comme jadis, sous les vastes yourtes et dans les souks des Bazars…

À la grande horloge géologique, tout cela n'était que sable du désert et poussière de steppe.

SOMMAIRE

Avant-propos 7
Prologues gingivaux 9

PREMIÈRE PARTIE

Les Hordes des Khans et leur organisation.
Un peu de clarté. 21

DEUXIÈME PARTIE

Les Hordes Alliées. 49

TROISIÈME PARTIE

Le dessous des cartes. Les principaux Chefs : la Garde rapprochée de Gengiv's. 83

QUATRIÈME PARTIE

Le Kief. Le cauchemar de Gengiv's. 159

ÉPILOGUE

Le dénouement. 169

Achevé d'imprimer en novembre 2013 par

ISI PRINT

15 Rue Francis de Pressensé
93210 Saint-Denis La Plaine

Imprimé en France